Impressum
Erste Auflage 2023
© 2023 by MS-Krimi-Gruppe Münster
Herausgeber: Christa Borowski-Schmitt, Maria Eifrig, Thomas Gesenhues Lay-Out: Maria Eifrig
Umschlaggestaltung: Markus Bomholt
Titelbild von Adobe Stock/Celafon
Das Werk ist urheberrechtlich geschützt.
Jede Verwertung und Vervielfältigung
bedarf der Zustimmung der Herausgeber.
Printed in Germany
Herstellung und Verlag: BoD – Books on Demand, Norderstedt
ISBN: 9783756227259

INHALT

Vorwort 5

Freja 7
Prof. Dr. Fridolin von Hauenstein 10
Doro und Igo 15
Die WG-Bewohnerinnen 19
Silke Bäumer 26
Tinasoa bei der Arbeit 31
Befragung Tinasoa Rahanta 35
Frederike von Hauenstein 38
Befragung von Frau von Hauenstein 42
Befragung Frau Fröhlich 47
Befragung Dorothea Hauser-Kling 50
Befragung Silke Bäumer 55
Doro verlässt die Praxis 60
Tinasoa und Wolkenstein beim Italiener 65
Dr. Jens Jansen 68
Wolkenstein im Büro 72
Tinasoa zu Hause 75
Zweite Befragung Tinasoa 80
Befragung Doro und Igo 82
Tinasoa und Wolkenstein in Praxis 88
Befragung Dr. Jansen 92
Zweite Befragung von Frau von Hauenstein 98
Dr. Jansens Telefonat mit seiner Ex 104
Tinasoa bei Rautex Pharma 107
Tinsaoa sichtet Daten von W. König 118
Der Tag nach Rautex Pharma 120
Henk 127
Zweite Befragung Dr. Jansen 132
Befragung der Auszubildenden 136
Walther König 140
Befragung W. König 142
Tinasoa entdeckt die Mordwaffe 146
Verhöre von Julie und Aurora 158
Rückblende: Aurora in der Pizzeria Luigi 164

Autor und Autorinnen 168

VORWORT

2013 traf sich eine Gruppe MS-Betroffener in einer „Schreib-Werkstatt" der DMSG (Deutsche Multiple Sklerose Gesellschaft) Münster. Die Erwartungen waren sehr unterschiedlich. Nach kurzer Zeit bildete die Gruppe eine zusammengewachsene Einheit. Alle kamen mit großer Freude zu den Seminarterminen. Leider endete der Workshop 2020. Ein Grund war das Coronavirus. Der zweite Grund: die Seminarleiterin zog sich altersbedingt zurück.

Daraufhin kamen drei Gruppenmitglieder auf die Idee einen Krimi zu schreiben. Da Corona keine persönlichen Treffen zuließ, tauschten sie sich per Videochat aus. Am Anfang hatten sie viel zu lernen. Ein Krimi lässt sich nicht, wie beispielsweise eine Kurzgeschichte, ohne Planung screiben. Alle drei waren lernfähig. Sie erstellten den Plot, das Handlungsgerüst des Romans. Alles musste vorab geplant sein: das Verbrechen, wo und wie es stattfand, die Befragung der Verdächtigen und Prüfung derer Alibis, zum Schluss die Auflösung und Festnahme der TäterInnen.

Nächster Schritt - Wer schreibt was.
Es ist geglückt - drei AutorenInnen und ein Roman.

MS-Krimi-Gruppe Münster
Christa Borowski-Schmitt, Maria Eifrig, Thomas Gesenhues

Freja

Es ist 11 Uhr am Vormittag, ein verregneter Tag, grau in grau. Das Wetter spiegelt ihren Gemütszustand wieder. Sie stellt den Wasserkessel auf den Herd und eine Tasse mit Pfefferminztee auf den Küchentisch und geht zurück in ihr Zimmer. Sie bereitet alles vor. Zwei Packungen Tabletten, das wird reichen. Ihre Mitbewohnerinnen, Julie und Aurora, werden erst am späten Nachmittag nach Hause kommen. Sie ist allein. Niemand kann sie aufhalten.
Der Wasserkessel pfeift. Sie geht in die Küche und füllt heißes Wasser in ihre Tasse.
Zurück in ihrem Zimmer setzt sie sich an den Schreibtisch und schreibt für Aurora einige Zeilen zum Abschied.
Der Tee ist fertig. Sie beginnt- zwei Tabletten, ein Schluck Tee, dann wieder zwei Tabletten, ein Schluck Tee, so lange bis beide Packungen leer sind. Nach einer Stunde wird sie müde. Sie legt sich aufs Bett und schläft für immer ein.

Julie und Aurora kommen um halb sechs nach Hause.
„Wollen wir zusammen kochen?" schlägt Julie vor.
„Gern, trinke ich eine Tasse Tee mit, vorher muss ich mich erholen. Ist 19 Uhr okay?"
„Ja, das passt."
Um 19 Uhr fangen sie an zu kochen. Einen großen Topf Spaghetti und Sauce Napoli aus Zwiebeln, Tomaten und diversen

Kräutern.

„Ich Freja frage, sie mit uns essen."

Aurora klopft an Frejas Tür – keine Antwort.

„Sie nicht da?"

Aurora klopft noch mal. Wieder keine Antwort.

Im Flur hängt ihre Jacke. Demzufolge muss sie da sein.

„Vielleicht sie schlafen," denkt Aurora.

Sie lassen sich ihre Spaghetti Napoli schmecken.

„Komisch, Freja nicht rühren. Vielleicht was passiert. Ich gehen in Zimmer."

Aurora betritt Frejas Zimmer. Sie entdeckt die leeren Tabletten-Schachteln. Freja liegt auf dem Bett und sieht zufrieden aus. Aurora fühlt ihren Puls.

„Julie, Julie du schnell kommen."

Sie bricht in Tränen aus.

Julie ist entsetzt als sie Freja sieht.

„Wir müssen Rettung rufen. Hast du Puls gefühlt?"

„Ja, da keiner mehr."

Aurora entdeckt den Abschiedsbrief.

„Aurora, geliebte Freundin.

Ich nicht mehr können – Angst vorm Einschlafen ist so groß.

Immer diese Bilder, wenn ich Augen schließe.

Verzeih mir.

Freja."

Aurora leidet sehr. Sie hatten so viel Zeit miteinander verbracht.

Sie rufen den Notarzt. Nach einer Viertelstunde ist er da. Er kann nur Frejas Tod feststellen.

„Meine Damen, ich muss die Polizei benachrichtigen. Das ist die übliche Vorgehensweise bei Selbstmord. Ich gebe ihnen was zur Beruhigung."

Der Notarzt wartet bis die Polizei kommt.

Beide Frauen sind trotz Beruhigungstabletten total von der Rolle. Sie sind kaum in der Lage die Fragen des Polizisten zu beantworten.

Als die Beamten, die Wohnung verlassen haben, bekommt Aurora einen Weinkrampf.

Sie kniet vor Frejas Bett. Ihre Tränen wollen nicht aufhören.

„Freja, Freja, geliebte Freundin, warum? Warum nur? Warum?"

Prof. Dr. Fridolin von Hauenstein

Gestatten, dass ich mich vorstelle:
Ich bin ein Mann in den besten Jahren. Mein Name ist Fridolin von Hauenstein. Den Vornamen mochte ich nie. Er klingt für mich altmodisch und nichtssagend.
Mutter jedoch wollte mich auf jeden Fall Fridolin nennen. Sie war eine glühende Verehrerin des berühmten Schriftstellers Thomas Mann, dessen Lieblingsenkel Fridolin getauft und 1986 zum Professor für Psychologie ernannt wurde.
Zwei Jahre später begann ich mein Studium. Ich hatte immer gute Noten und das Lernen fiel mir nicht schwer. So begann ich ein fünfjähriges Studium der Humanmedizin. Da ich Psychiater werden wollte, folgte eine Facharztweiterbildung zum Psychiater. Um mir auch neurologische Kenntnisse anzueignen, habe ich noch 24 Monate in der stationären neurologischen Patiententherapie einer Klinik in Hamburg gearbeitet.
Dort im Krankenhaus lernte ich Frederike kennen. Sie war Krankenschwester auf der Neurologie. Was mir an ihr zuerst auffiel, waren ihre langen Beine. Wie ich schnell mitbekam, waren einige meiner Kollegen sehr an ihr interessiert. Sie war flink bei ihrer Arbeit, sah bildschön aus und hatte für jeden Patienten ein offenes Ohr. Mich reizte es, sie zu erobern. Zugute kamen mir dabei mein Charme und mein sportliches Äußeres.

So begann unsere Beziehung. Ihrem Vater gehörte ein kleines Unternehmen namens *Tennbrettprofi*, das sämtliche Artikel rund um das Thema Tennis und Speckbrett produzierte und vertrieb, sei es Equipment oder Mode.

Herr Peud, der Vater von Frederike, war mir sofort sympathisch, als ich ihn beim ersten Treffen kennenlernte. Er war ein Macher, ein Mensch, der handelte und zupackte. Da Frederike sein einziges Kind war, hätte er sich schon gewünscht, ihr später die Firma zu übergeben. Sie dagegen hatte dazu keine Ambitionen, sie wollte lieber Krankenschwester werden und Menschen helfen.

Je enger unsere Paarbeziehung wurde, desto häufiger war ich Gast bei Frederikes Eltern. Eines Tages eröffnete Frederike mir, dass sie schwanger sei. Ihre Eltern drängten auf Hochzeit. Dem gaben wir nach und heirateten schon am Anfang ihrer Schwangerschaft. Das Ganze ging mir eigentlich zu schnell und passte nicht in meinen Lebensplan. Alle, besonders ihre Eltern, freuten sich auf den Nachwuchs.

Doch dann passierte es. Kurz nach der Hochzeit erfuhr Frederike von ihrem Frauenarzt, dass das Baby mit schwersten Behinderungen auf die Welt kommen würde. Das nahm meine Frau so sehr mit, dass sie weinend aus unserem Haus lief, einfach unbedacht auf die Straße rannte und von einem Bus angefahren wurde. Sie kam schwer verletzt ins Krankenhaus, wurde versorgt und überlebte. Doch das Ungeborene war nicht mehr zu retten. Dieses einschneidende Erlebnis veränderte unsere Beziehung.

Jeder hatte seine eigene Art mit diesem Schicksalsschlag umzugehen. Frederike kapselte sich ab, wies meine Zärtlichkeiten zurück und so kam es, dass bald jeder seinen eigenen Weg ging, obwohl wir weiterhin zusammenlebten. Eine Trennung kam schon wegen ihrer Eltern nicht in Frage.

So ging die Zeit dahin. Ich bekam einen 30-monatigen Forschungsauftrag in Oregon mit Schwerpunkt Neurowissenschaft und Psychiatrie. Frederike weigerte sich mitzukommen, zog aber mit mir nach Münster, als ich dort habilitierte und eine Professorenstelle an der Uni bekam. Da ich sehr ehrgeizig bin und als Psychiater eine eigene Praxis haben wollte, realisierte ich diesen Plan. Nach einiger Zeit merkte ich, dass es sinnvoll wäre, eine Art Kompetenzzentrum für Neurologie und Psychiatrie aufzubauen. Nachdem ich größere Räume günstig am Stadtrand mieten konnte, nahm ich den Psychiater Dr. med. Jens Jansen und die Psychotherapeutin Regine Fröhlich in meine Praxis mit auf. Die Praxis läuft gut, wir haben einige Angestellte und nehmen überwiegend Privatpatienten an. Zeitlich ist es für mich daher möglich, an den Tagen Dienstag und Mittwoch meiner Lehrtätigkeit nachzukommen.

Da die Praxis schon am frühen Freitagnachmittag geschlossen wird, bleibt mir noch Zeit, mich meinem Hobby zu widmen. Ich entdeckte meine Liebe für das Speckbrettspielen, das in Münster eine lange Tradition hat. Es ist ähnlich wie

Tennis, nur mit einem Holzbrett. Durch meine frühere Tenniserfahrung beherrschte ich diese Sportart ganz gut und mir gelangen einige Erfolge bei Meisterschaften. Durch Ehrgeiz und Training erspielte ich mir in den 7 Jahren bei dem Verein *Speckbrettfreunde Werseglück e.V* drei Pokale. Den größten und schwersten Pokal habe ich vergangenes Jahr bekommen, als ich das Herren Einzel Turnier 50+ unseres Vereins gewonnen habe. Der Pokal steht auf dem handgefertigten Sideboard aus amerikanischem Nussbaum in meiner Praxis. Die anderen beiden habe ich mit nach Hause genommen und ins Arbeitszimmer gestellt, zum Leidwesen meiner Frau, die sich ständig darüber aufregt.

Ab 50 gehört man bei Werseglück e.V. zu den Senioren, aber das finde ich Quatsch. Ich stehe in der Blüte meines Lebens und fühle mich topfit. Durch das Speckbrettspielen habe ich einen durchtrainierten Körper, was auch die eine oder andere Dame zu schätzen weiß. Jedenfalls hat sich noch keine über meine Qualitäten als Liebhaber beschwert. Einige meiner Privatpatientinnen findet man auch hier bei uns im Verein. Natürlich hat Frederike mitbekommen, dass ich hin und wieder eine kleine Liaison hatte. Es gab auch Streit deswegen, aber letztendlich führt jeder sein eigenes Leben. Naja, so knackig wie vor 25 Jahren ist sie ja auch nicht mehr und außerdem hat sie sich von mir seit dem Verlust des Babys distanziert. Da lob ich mir doch Doro, meine Assistentin. Die hat Feuer im Hintern, ein richtiges Prachtweib. Regine Fröhlich war auch nicht schlecht, sie war nur bedeutend jünger, so Mitte dreißig. Sie hat unsere Beziehung beendet, weil sie verlangte, ich müsse treu sein.

Die Frau hat nicht verstanden, dass Männer Jäger sind und bei so reizvollem „Wild" nicht widerstehen können. Bis jetzt habe ich noch immer alles erreicht, was ich wollte. Sogar einige meiner Patientinnen konnte ich davon überzeugen, unser neues innovatives Medikament gegen Depressionen auszuprobieren. Mein Lebensmotto ist: „Man lebt nur einmal"., also machen wir das Beste daraus – Mit anderen Worten : „No risk, no fun".

Doro und Igo

Doro Hauser-Kling

Mein Name ist Dorothea Hauser-Kling, auch Doro genannt. Ich bin 42 Jahre alt, gelernte Arzthelferin und arbeite seit 7 Jahren bei Professor Fridolin von Hauenstein. Seit ich vor 10 Jahren Witwe wurde, hatte ich einige kurze Beziehungen, denn ich bin kein Kind von Traurigkeit. Aber seit fünf Jahren bin ich fest mit Igo liiert. Igo ist Fitnesstrainer und die Liebe meines Lebens. Er ist mein Traummann, gut gebaut und kräftig und ein absoluter Sexgott. Wie sagt man so schön über Frauen „Sex on legs". Das trifft auch auf mich zu. Mir wurde schon öfter gesagt, ich hätte einen tollen Körper und sähe rassig aus. Igo wird von vielen Frauen angehimmelt, aber ich denke, mit keiner kann er so hemmungslosen wilden Sex haben wie mit mir.

Igo ist 4 Jahre jünger als ich und hat einen 20 jährigen Sohn, Alexander, auch Alex genannt. Alex ist zwar nicht so ein Muskelpaket und stark tätowiert wie sein Vater, aber ebenfalls gut gebaut, blond und hat strahlend blaue Augen. Ich weiß zwar nicht, was Igo über mich erzählt hat, aber als wir uns das erste Mal trafen - Igo hatte seinen Sohn zum Kaffee eingeladen - spürte ich seinen Blick häufig auf mir ruhen. Ich hatte fast das Gefühl, als zöge er mich mit seinen Blicken aus. „Wow", dachte ich, „wenn ich Igo nicht hätte, könnte mir der

Bursche ganz schön gefährlich werden."

Das Alter war nicht mein Problem, denn man kann auch mit jüngeren Männern seinen Spaß haben. Aber in einer guten Beziehung will ich treu sein. Etwas mit Alex anzufangen, käme für mich nicht in Frage, noch dazu wo er Igos Sohn ist. Wie schon erwähnt, liebte ich Igo abgöttisch, würde ihn gegen die ganze Welt verteidigen und alles für ihn tun.

Irgendwann meinte er, ein Beweis meiner Liebe wäre, wenn ich ihm helfen würde, seine Leistungsfähigkeit und den Muskelaufbau zu steigern. Mir fiel dann ein -ich hatte mal erwähnt- dass von Hauenstein immer einige Rezepte unterschrieben auf seinem Schreibtisch liegen hat, falls gerade kein Arzt in der Praxis ist und ein Patient ein Wiederholungsrezept braucht. Daran erinnerte mich Igo. Ich säße doch sozusagen an der Quelle und könnte ihm auf diese Weise wirklich helfen um diesen tollen Körper zu erhalten und weiter aufzubauen.

Igo Mückenschlag

Ich bin Igo Mückenschlag, meine Freunde nennen mich scherzhaft Mücke. Seit 7 Jahren arbeite ich im Fitnessstudio *Hantelfit*, vorher war ich bei einer Sicherheitsfirma angestellt. Die Arbeit bei Hantelfit macht mir sehr viel Spaß. Da kommt man mit vielen Leuten zusammen und kann nebenbei noch Muskelaufbau betreiben. Doro kam vor sechs Jahren zu uns. Als erstes fiel mir ihr makelloser gut proportionierter Body auf. Wir trainierten viel zusammen und ich hatte das Gefühl, dass sie meine Nähe suchte. Das schmeichelte mir, denn sie ist eine Schönheit. Natürlich kommen in unser Studio auch andere hübsche Dinger, aber die meisten sind mir zu jung und unerfahren. Ganz anders als die Doro, ein Klasseweib! Sie ist 4 Jahre älter als ich, was man ihr nicht ansieht. Eigentlich wollte ich keine Beziehung mehr. Ich habe einen Sohn. Alex ist 20 und lebt bei seiner Mutter. Es war damals ein Ausrutscher. Ich habe Susi nie geheiratet, aber wir haben noch fast 10 Jahre zusammengewohnt. Schließlich musste ich für den Kleinen zahlen. Susi lebt wieder mit einem anderen Mann zusammen. Ich glaube sie hat ihn sogar geheiratet, weil er Alex adoptiert hat. Manchmal treffen wir uns. Alex ist ein ganz passabler Kerl geworden und will sogar studieren. Als ich ihm Doro vorgestellt habe, meinte er später: „Die sieht ja wirklich mega aus, dafür dass sie sogar älter ist als du".
Da hatte er recht. Vor 5 Jahren sind wir zusammengekom-

men, die Doro und ich. Die Frau ist schön, hingebungsvoll und unersättlich. Dafür lohnt es sich, nicht den anderen Weibern nachzulaufen. Sie steht auf meine Muskeln und meine Kraft. Natürlich will ich das erhalten. Aber Training allein reicht nicht. Es muss noch mehr gemacht werden… Da Doro bei einem Arzt arbeitet, kam mir eine Idee…

Die WG-Bewohnerinnen

Julie Merlot

Mein Name ist Julie Merlot. Ich bin seit 4 Jahren in Deutschland und studiere Mathematik.
In der Schule faszinierte mich der Umgang mit Zahlen. Mein Mathe-Lehrer erkannte früh mein mathematisches Talent. Er förderte mich, soweit es ihm möglich war.

Ich besitze logisches Denkvermögen - folgerichtiges, schlüssiges Denken. Ich war die Beste in meiner Klasse. Je näher das Abitur kam, verfestigte sich mein Entschluss, Mathematik zu studieren.

Ich entschied mich für ein Auslandsstudium. Einige Jahre Deutsch in der Schule und ein dreimonatiger Intensivkurs waren Voraussetzung für die Einschreibung an der Westfälischen Wilhelms Universität Münster.
Das Studium war genau das Richtige für mich. Die Grundlagen wie Analysis, lineare Algebra, angewandte Mathematik und Computerorientierte Mathematik habe ich mit Bravour absolviert.

Den Schwerpunkt meines Hauptstudienganges habe ich noch nicht festgelegt. Es gibt zu viel, was mein Interesse geweckt hat. Auf jeden Fall werde ich Informatik als Nebenfach wählen.

In der Mensa lernte ich Aurora und Freja kennen. Gemeinsam gründeten wir eine Wohngemeinschaft. Nachdem Freja Selbstmord begangen hatte, vermieteten wir das Zimmer an Tinasoa. Wir erzählten ihr nichts von dem Selbstmord. Das hätte Tinasoa vielleicht abgeschreckt und wir wollten sie gerne als neues WG-Mitglied.

Aurora Rossini

Vor drei Jahren kam ich, Aurora Rossini, nach Deutschland, um Medizin zu studieren. Zu Beginn meines Studiums lernte ich Julie und Freja kennen. Wir kamen gut miteinander aus. Besonders Freja hatte es mir angetan. Wir wurden allerbeste Freundinnen.
Leider war Freja sehr labil. Sie musste in psychiatrische Behandlung. Ein neues Medikament schlug bei ihr gut an. Sie wurde ein neuer Mensch, liebte wieder das Leben, wurde unternehmungslustig. Nach zwei Monaten war es vorbei.
Sie wurde nervös, unruhig, hatte schlaflose Nächte, Angstzustände. Der Arzt setzte die Dosis höher, kein Erfolg. Nachts lief sie durch die Gegend, suchte Leute, die hinter ihr her waren. Ihr Zustand wurde schlimmer.

Eines Tages hat sie sich mit einer Überdosis Tabletten verabschiedet.

In ihrem Abschiedsbrief stand:
    „Aurora, geliebte Freundin.
    Ich nicht mehr können – Angst vorm Einschlafen ist
        so groß.
    Immer diese Bilder, wenn ich Augen schließe.
    Verzeih mir.
        Freja."

Ich litt sehr. Wir hatten so viel Zeit miteinander verbracht, oft Nächte lang diskutiert. Zur Ablenkung habe ich am Wochenende einen Job als Bedienung in der Pizzeria Luigi angenommen.

Tinasoa Rahanta

Ich, Tinasoa Rahanta, lebe seit zwei Jahren in Deutschland und studiere Journalismus. Ich stamme aus Mahajanga, eine Stadt, die im Nordwesten der Insel Madagaskar liegt. Meine Eltern hatten kein Geld, um mir ein Studium zu finanzieren. Da meine schulischen Leistungen überragend waren, bewarb ich mich um ein Stipendium bei der Stiftung „Foundation de Journalisme". Ich wurde angenommen, musste dafür aber ins Ausland. In der Schule hatte ich drei Jahre Deutschunterricht. Meine Großmutter stammt aus Rosenheim in Bayern und unterstützte mich beim Erlernen der deutschen Sprache, die ich jetzt gut und akzentfrei beherrsche. Demzufolge fiel meine Wahl auf Deutschland, ca. 8700 km von meiner Familie entfernt. Mein Heimweh war riesig. Zum Glück kann ich meine Familie per Videokonferenz erreichen. Nach anfänglichen Schwierigkeiten habe ich mich gut eingelebt. Mit zwei Studentinnen, der Französin Julie und der Italienerin Aurora, lebe ich in einer Wohngemeinschaft.
Um finanziell besser über die Runden zu kommen, habe ich einen Job als Reinigungskraft angenommen. Montags bis freitags putze ich früh am Morgen die Räumlichkeiten einer Arztpraxis für Neurologie und Psychiatrie. Mein Job beginnt um sieben.
Ich bin Frühaufsteherin und liebe es, vor der Arbeit zu jog-

gen. Kurz nach sechs verlasse ich das Haus und laufe eine halbe Stunde quer durch den Wersepark. Regelmäßig, auch heute, treffe ich den älteren Herrn aus dem Nachbarhaus, der mit seinem Dackel Günther unterwegs ist.
„Geht es ihnen gut Herr Buschhoff?"
„Alles bestens."
„Liebe Grüße an ihre Frau."
„Richte ich gerne aus."

Auf halber Strecke komme ich an der Bäckerei Krambacher vorbei, wo meine Mitbewohnerin Julie arbeitet.
„Wie immer ein Körnercroissant?" will Julie wissen.
„Klar, wie immer. Schließlich muss ich mich stärken, bevor ich in die Praxis fahre. Später habe ich noch zwei Vorlesungen - Content-Management-Systeme und audiovisuelle Medien."
„Ich verstehe kein Wort."
„Ist ganz einfach – Internetprogrammierung, Fotografie, Videoschnitt – so'n aktuelles Zeugs. Mir gefällst. Sehen wir uns am Nachmittag?"
„Ich arbeite bis 13 Uhr in der Bäckerei und habe um 14 Uhr ein Seminar in der Uni. Ich bin spätestens gegen fünf zu Hause."
„Bis später und hab einen schönen Tag."

Und weiter im Joggingmodus.

Zu Hause zurück, dusche ich, trinke einen Kaffee und genieße mein Croissant. Dann radele ich zur Praxis.

Silke Bäumer

Ich heiße Silke Bäumer und arbeite seit 3 Jahren in der Gemeinschaftspraxis von Prof. von Hauenstein und den anderen. Eigentlich bin ich für keinen richtig zuständig. Wenn es voll ist, assistiere ich Doro oder helfe bei Dr. Jansen aus.
Doro mag ich nicht leiden, sie spielt sich immer in den Vordergrund, ist aufgedonnert und wackelt mit ihrem fetten Arsch. Ich glaube, der Fridolin (so nenne ich ihn heimlich) steht darauf. Mir wäre das viel zu billig. Wie unter uns gemunkelt wurde, hatte Fridolin vor einiger Zeit auch mal was mit der Fröhlich, aber wie er jetzt die Doro immer anstarrt, das ist schon krass. Ich dagegen scheine ihn nicht zu interessieren, obwohl ich auf ältere Männer stehe und ihm oft einen Blick zuwerfe. Ich finde ihn sehr attraktiv und sportlich. Vielleicht habe ich ja einen Vaterkomplex. Auf jeden Fall machen mich ältere Männer mehr an. Die jüngeren interessieren mich null. Fridolin sieht Hammer aus.

Donnerstagabend war ich mit meiner besten Freundin Anne im Mikado, einem Club in der Nähe der Praxis. Ich wollte in meinen 23. Geburtstag hineinfeiern.

Im Mikado war Oldienight. Deshalb ging ich davon aus, ein paar ältere Männer kennenzulernen. Zu Hause bürstete ich vorher meine langen blonden Haare zu einem Pferde-

schwanz, schminkte mir Smokey Eyes und benutzte meinen neuen knallroten Lippenstift. Ich gefiel mir. Und den Männern wohl auch. Dauernd wurde ich angequatscht, mit einigen habe ich auch getanzt. Gut, dass Anne noch dabei war, denn wenn langsame Musik gespielt wurde, bin ich schnell vor den dickbäuchigen Möchtegernlovern geflohen. Um Mitternacht stießen Anne und ich mit Sekt an. Sie gratulierte mir und küsste mich auf den Mund. Eine Sekunde überlegte ich, ob ich nicht vielleicht lesbisch werden sollte, denn keiner dieser unattraktiven Männer passte in mein Beuteschema. „Wieder so ein verlorener Abend und das an meinem Geburtstag," dachte ich und wollte schon das Mikado verlassen.
Da sah ich ihn -„Walther König"-, der lässig an der Theke lehnte.

„Mein Gott Walther", fuhr es mir in den Kopf und ich musste schmunzeln. Meine Eltern hatten mir mal erzählt, dass das zu ihrer Zeit ein erfolgreicher Songtitel eines Liedermachers war. Anne redete gerade auf mich ein, doch ich hatte dafür kein Ohr. Gebannt starrte ich auf Walther König, der sich gerade mit einer geschätzten Mitvierzigerin unterhielt. Ich murmelte Richtung Anne etwas von: „Sorry, bis gleich" und bahnte mir meinen Weg zu Walther.

Da ich schon nicht mehr ganz nüchtern war, hatte ich auch keine Hemmungen mich zwischen Walther und diese attraktive Mitvierzigerin zu drängen und ihn mit einem

„Hey Walther, geil dass du zu meinem Geburtstag gekommen bist," zu begrüßen.

Dazu muss man wissen, dass Walther als Pharmareferent bei der Firma Rautex Pharma arbeitet und er mir schon ein paar Mal über den Weg gelaufen ist, als er Fridolin besuchte. Im Gegensatz zu Hauenstein schien er mir mehr Beachtung zu schenken, denn er wechselte immer ein paar Worte mit mir. Außerdem sah er Hammer aus: Top Figur, gut gekleidet, leicht angegraute Schläfen, so Typ George Clooney. Neulich hatte ich ihn an einem Samstag im Einkaufszentrum getroffen. Er lief nicht in schicken „Anzugsklamotten" herum, sondern in Jeans und Sneakers, was mir fast noch besser gefiel. Ich freute mich, ihn auch mal in Alltagskleidung beim Einkaufen zu treffen und strahlte ihn an.

Es entwickelte sich ein längeres Gespräch und wir beschlossen es im angrenzenden Café fortzusetzen. Dort erfuhr ich auch einiges Privates über Walther. Er war seit 10 Jahren verheiratet, hatte eine 5jährige Tochter und gerade eine Ehekrise. Seine Frau war mit der Tochter zu ihrer Mutter gefahren und wollte erst am späten Samstagabend wiederkommen. Er erwähnte auch eine geschäftliche Verbindung zu unserer Praxis. Es ging um ein neues Medikament, was mich an dem Tag aber nicht sonderlich interessierte. Bevor wir aufbrachen, bot Walther mir das Du an, hauchte mir einen Kuss auf die Wange und entschwand mit den Worten:

„Man sieht sich."

Ja und nun stand er hier im Club und schaute mich überrascht an. Dann beugte er sich zu mir herunter und flüsterte: „Herzlichen Glückwunsch meine Kleine, das müssen wir feiern."

Ich schlang meine Arme um ihn und zog ihn dann Richtung Tanzfläche. Die andere Frau schaute verblüfft hinterher, aber das interessierte mich nicht. Zum Glück wurden langsame Oldies gespielt und wir tanzten eng umschlungen. Ich schwebte auf Wolke Sieben, zumal die Mitvierzigerin endlich verschwunden war. Später spendierte Walther mir einige Drinks. Irgendwann, als wir nah beieinander standen, küsste er mich. Ich erwiderte seine Küsse und wurde von einem unbeschreiblichen Glücksgefühl durchströmt. Wir tanzten zwischendurch und bei langsamen Songs pressten wir unsere Körper aneinander. Seine Küsse wurden fordernder und ich war zu allem bereit. Etwa gegen 3 Uhr brachen wir auf. Würden wir zu ihm gehen oder zu mir? Mir fiel ein, dass ja vielleicht seine Frau zu Hause wäre und ich weiter weg wohnte. Wir gingen ziellos durch die Nacht, blieben aber immer wieder stehen und küssten uns. Uns war beiden klar, dass wir mehr wollten, noch in dieser Nacht. Walther flüsterte heiser: „Lass uns irgendwo hingehen, wo wir ungestört sind."

Wir schauten uns an und hatten beide die gleiche Idee-- „Die Praxis!" Dort stand für von Hauensteins Klienten ein weinrotes, mit Samt bezogenes, Sofa im Sprechzimmer und da die Praxis in der Nähe war und ich den Schlüssel an meinem Schlüsselbund hatte, erschien uns das als die beste Lösung.

Leise schloss ich die Praxistür auf und ebenso leise schlichen wir zum Sprechzimmer. Ich wunderte mich, dass dort die Tür aufstand und schaltete gedimmtes Licht ein. Und dann sahen wir etwas, das ich mein Leben lang nicht vergessen werde. Ich stieß einen kurzen spitzen Schrei aus.

Fridolin von Hauenstein lag regungslos blutüberströmt am Boden.

Walther und ich verließen fluchtartig die Praxis.

Tinasoa bei der Arbeit

Als Tinasoa das Haus betreten will, verkünden die Glocken der St. Bernhard Kirche, dass es 7 Uhr ist. Sie ist pünktlich, wie immer. Üblicherweise ist die Haustür abgeschlossen, heute aber seltsamerweise nicht. Sie muss ins erste Stockwerk.
Die Tür zur Praxis steht einen Spalt offen.
„Hallo, ist jemand da?"
Keine Antwort.
„Hallo, ich bin es, Tinasoa Rahanta."
Wieder keine Antwort.
Na ja, vielleicht hatte es jemand so eilig, die Praxis zu verlassen und hatte die Tür nicht richtig geschlossen.

Tinasoa beginnt mit ihrer Arbeit. Schnell sind die Räume von Dr. Jansen und der Psychotherapeutin Regine Fröhlich gereinigt. Weiter mit Prof. von Hauensteins Zimmer. Es ist nicht abgeschlossen.
„Seltsam. Was ist denn heute los?"
Das Zimmer vom Professor ist immer abgeschlossen. Das ist ihm sehr wichtig, denn in einem seiner beiden Vitrinenschränke befinden sich gefährliche Medikamente, die unter Verschluss gehalten werden.

Tinasoa betritt das Zimmer. und findet den toten Professor. Ihr Atem stockt. Als sie wieder klar denken kann, prüft sie den Puls vom Professor. Nichts. Sie wählt die 110 und beschreibt dem Polizisten am Telefon die Situation. Sie betrachtet den Toten und schaut sich im Zimmer um.

Noch bevor Polizei und Krankenwagen eintreffen, hat sie den kompletten Raum und den toten Professor fotografiert. Der Professor liegt auf dem Rücken und hat am Kopf eine Platzwunde, vermutlich ein Schlag mit einem festen Gegenstand. Tinasoa sieht sich um. Aus einer der Vitrinen fehlt ein Gegenstand. Sie kann sich nicht erinnern was fehlt, obwohl sie seit Wochen täglich diesen Raum säubert.

Es erscheinen der Rettungsdienst und zwei Polizisten. Der Notarzt kann nur den Tod von Prof. Fridolin von Hauenstein feststellen.
„Ich kann ihm nicht mehr helfen. Der Mann ist seit 4 - 5 Stunden tot. Er ist gewaltsam zu Tode gekommen durch einen Schlag auf den Kopf," erklärt der Notarzt.
„Wir beenden den Einsatz."
Der Rettungsdienst verlässt die Praxis.
„Sie haben den Toten gefunden?" fragt ein Polizist Tinasoa.
„Ja."
„Was machen Sie hier? Können Sie sich ausweisen?"
„Ich arbeite hier. Mein Ausweis ist in meiner Tasche. Ich hole ihn."
Ein anderer Polizist benachrichtigt die Zentrale.

Tinasoas Personalien werden festgestellt. Sie soll bis zum Eintreffen vom leitenden Kommissar im Nebenzimmer warten.

Es ist kurz vor acht. Nach und nach treffen die Praxis-MitarbeiterInnen ein - darunter auch drei Auszubildende. Einer der Polizisten nimmt sie in Empfang und schickt sie in den Aufenthaltsraum.

Immer mehr Leute treffen ein, ein Rechtsmediziner, die Spurensicherung, Herren und Damen in weißen Tatort-Schutzanzügen. Die Tür zum Raum, wo Tinasoas wartet, ist angelehnt. Sie kann durch den Türspalt das Treiben der Beamten beobachten. Der Rechtsmediziner untersucht die Kopfwunde und misst die Körpertemperatur des Toten. Ein Mann fotografiert den ganzen Raum, zwei andere untersuchen alle Gegenstände und nehmen Fingerabdrücke.

Ein weiterer Mann betritt Prof. von Hauensteins Zimmer. Er trägt Jeans und Turnschuhe. Alle kennen ihn und nicken ihm zu. Tinasoa sieht ihn nur von hinten.

„Kommissar, Todesursache ist ein Schlag mit einem stumpfen Gegenstand. Die Tatzeit liegt zwischen 2 und 4 Uhr morgens. Alles Weitere nach der Obduktion."

„Wer hat den Toten gefunden?"

„Die Frau wartet im Nebenzimmer."

Er dreht sich um und kommt auf Tinasoa zu.

„Kommissar Wolkenstein, was für eine Überraschung."

„Sie haben recht, eine Leiche hat einen Überraschungsmoment."

Da war er wieder, dieser nette, gutaussehende Kommissar mit den braunen Augen.

Tinasoa hat ihn im letzten Jahr während des Seminars „Wie recherchiere ich richtig" kennengelernt. In jenem Semester lernte sie das Instrument der Recherche kennen - das wichtigste Hilfsmittel zur Informationsgewinnung. Ziel ist es durch Methode viele Daten und Fakten zusammenzutragen, um eine schlüssige und informative Geschichte zu schreiben. Das Seminar wurde in Zusammenarbeit mit der Kriminalpolizei durchgeführt. Den Studierenden sollte anhand von Fallbeispielen beigebracht werden, wie sie Informationen sammeln und auswerten müssen, um eine nachvollziehbare Lösung zu finden.

Kommissar Wolkenstein betreute eine Gruppe von fünf StudentenInnen, der auch Tinasoa angehörte. Bei ihren Fällen ging es um Versicherungsbetrug – gefälschte Rechnungen, fingierte Autounfälle, defekte Elektrogeräte und Phantom-Schmuck. Das Seminar ließ Tinasoa voll in ihrem Journalismus Studium aufgehen. Sie verstand jetzt, worauf es in ihrem zukünftigen Job ankommen würde. Es war genau das, was sie wollte.

Befragung Tinasoa Rahanta

„Frau Ranhan, Entschuldigung, ich habe Ihren Namen vergessen."

„Nennen Sie mich einfach Tinasoa, wie im Seminar."

„Tinasoa, was machen Sie hier? Was haben Sie mit dem Toten zu tun?"

„Ich arbeite hier als Reinigungskraft. Der Professor ist, war mein Chef."

„Sie haben den Toten gefunden?"

„Richtig. Ich komme um 7 Uhr. Die anderen trudeln ab 8 Uhr ein."

„Ist Ihnen heute Morgen etwas Besonderes aufgefallen?"

„Ja, die Haustür war nicht abgeschlossen und die Praxistür stand offen. Ich bin hineingegangen und habe laut gerufen. Niemand hat geantwortet. Ich reinigte die Räume von Dr. Jansen und Frau Fröhlich. Dann wollte ich beim Professor weitermachen. Seine Räume waren unverschlossen, was ich noch nie erlebt habe. Ich trat ein und sah den Professor am Boden in einer Blutlache. Ich fühlte seinen Puls und rief die 110 an. Den Rest kennen Sie."

„Wissen Sie, ob der Professor verheiratet war?"

„Ich kenne Frau von Hauenstein persönlich und mag sie sehr."

„Wie kann ich sie erreichen?"

„Die von Hauensteins haben ein Haus, nicht weit von hier."

„Würden Sie mich begleiten? Es ist leichter eine Todesnachricht zu überbringen, wenn jemand bekanntes dabei ist."

„Gern"

„Woher kennen Sie Frau von Hauenstein?"

„Ich habe für sie gearbeitet. Sie beim Organisieren von Feierlichkeiten unterstützt - einkaufen, kochen, putzen. Alles Mögliche was angefallen ist. Wir sind gut miteinander ausgekommen. Sie ist wirklich eine sehr nette Frau."

„Ich werde sicherlich noch mehr Fragen an Sie haben. Für den Augenblick genügt mir Ihre Aussage. Wollen wir jetzt zu Frau von Hauenstein aufbrechen?"

„Ja, natürlich!"

Beim Verlassen der Praxis läuft ihnen Wolkensteins Assistent, Peter Meyer, über den Weg.

„Peter, denkst Du daran, von allen Fingerabdrücke und DNA zu nehmen. Wir fahren jetzt zu Frau von Hauenstein. Wenn wir wieder da sind, kannst Du von Tinasoa die Abdrücke nehmen."

Frederike von Hauenstein

Mein Name ist Frederike von Hauenstein. Ich bin die Ehefrau von Fridolin. Was heißt hier ‚Ehefrau?' - eine Ehe ist das schon lange nicht mehr. Ja damals, als wir uns kennen gelernt haben…, das war fast wie in einer Liebesschnulze von Rosamunde Pilcher oder wie im Fernsehen in der Schwarzwaldklinik: „Krankenschwester heiratet gutaussehenden Arzt". Mein Traum hatte sich erfüllt und ich schwebte auf Wolke sieben. Finanziell konnte uns mein Vater aushelfen, der eine gutgehende Firma hatte, die Tennisartikel und Speckbrettartikel produzierte und vertrieb. Ich wurde schnell schwanger und meine Eltern drängten auf baldige Hochzeit, die sie ausrichteten. Für mich stand fest, dass ich vorerst nicht mehr in meinen Beruf zurückgehen, sondern das Kind und eventuell noch weitere großziehen wollte. Fridolin freute sich auch auf das Baby, jedoch viel verhaltener. Ich glaube, ihm ging das alles zu schnell. Ich war wahnsinnig glücklich und richtete in Gedanken schon das Kinderzimmer ein.

Leider wollte das Schicksal es anders. Ich werde den Tag nie vergessen. Es war zufällig Freitag, der 13., als mein Frauenarzt mir beim Ultraschall eröffnete, irgendetwas stimme mit dem Kind nicht. Er erkenne eine schwere Fehlbildung der Wirbelsäule, was auch nach der Geburt operativ kaum zu beheben wäre. Das wurde mir so unverblümt gesagt mit der Empfehlung, ich solle mir einen Schwangerschaftsabbruch überlegen, da dies bei der Indikation auch zu einem späteren Zeitpunkt möglich sei. Wie betäubt fuhr ich nach Hause. Fridolin hatte dringende berufliche Verpflichtungen und war nicht mitgekommen. Ich weinte die ganze Zeit vor mich hin. Als ich Fridolin abends von der Diagnose erzählte, nahm er mich kurz in den Arm und meinte dann, ich solle meinem Arzt vertrauen, vielleicht sei ein Abbruch aufgrund der Diagnose wirklich der beste Weg. Wir seien ja noch jung und könnten später noch immer Kinder bekommen. Außerdem sei ein schwerbehindertes Kind eher eine Belastung als eine Freude. Ich hatte so gehofft, er würde mir zur Seite stehen und gemeinsam mit mir dieses Kind großziehen. Ich war dermaßen verletzt, wollte nur noch weg, weg von diesem gefühlskalten Mann. Ich kann mich erinnern, dass ich zu meiner besten Freundin Amelie wollte und aus der Wohnung stürmte. Dann ein Quietschen und ein dumpfer Aufprall…

Im Krankenhaus kam ich wieder zu mir, als sich eine Krankenschwester liebevoll über mich beugte.
„Na, da haben wir Sie ja endlich wieder, Frau von Hauenstein, Sie haben mehr als einen Schutzengel gehabt".
Bei meiner Frage nach dem Baby zögerte sie einen Augenblick, nahm meine Hand und erklärte mir behutsam, dass das Kind leider nicht mehr zu retten gewesen wäre. Später erschien Fridolin, tätschelte mir kurz die Wange und meinte,

das täte ihm alles sehr leid. Ich reagierte teilnahmslos, in mir war eine tiefe Leere und irgendetwas war zerbrochen.

Zwar erholte ich mich körperlich nach meinem Krankenhausaufenthalt und lebte wieder bei meinem Ehemann, doch meine frühere Unbefangenheit und Fröhlichkeit hatte ich verloren. Zu tief saß der Schock über mein verlorenes Kind und dem empathielosen Verhalten meines Ehemannes.

Ich zog mich immer mehr zurück, jede Berührung von Fridolin war mir zuwider. Trotz einiger Therapien konnte ich dieses Trauma nicht wieder aufarbeiten. Nach außen hielt ich die Fassade vom glücklichen Ehepaar aufrecht. Wir erschienen gemeinsam zu irgendwelchen Anlässen und wohnten auch weiterhin zusammen, schliefen aber getrennt. Dieses Verhalten mag merkwürdig erscheinen, aber wir wollten den Schein für die Öffentlichkeit wahren, zumal Fridolin eine eigene Praxis aufmachte und durchaus berufliche Erfolge nachweisen konnte. Auch meine Eltern, die überwiegend die charmante und erfolgreiche Seite ihres Schwiegersohnes kannten, hätten für eine Trennung kein Verständnis gehabt. Merkwürdigerweise reagierte ich anfangs ziemlich eifersüchtig, als Fridolin anfing mich zu betrügen. Ich fühlte mich gedemütigt und ersetzt von fremden Frauen, obwohl ich keine innere Beziehung mehr zu ihm hatte. Nach und nach gewöhnte ich mich auch an diesen Zustand.

Fridolin war sehr ehrgeizig, bekam eine Professur und gründete neben seiner Lehrtätigkeit eine Gemeinschaftspraxis mit einem Psychiater und einer Psychotherapeutin, die später, wie ich zufällig erfuhr, kurzfristig seine Geliebte wurde. Donnerstags kam er oft spät nach Hause oder aß in einer nahegelegenen Pizzeria und übernachtete in der Praxis..

In Münster bekam ich stundenweise eine Stelle in einer geriatrischen Abteilung eines Krankenhauses. Die alten Leutchen sind sehr dankbar und freuen sich, wenn ihnen jemand zuhört. Die Beschäftigung dort ist für mich eine willkommene Abwechslung, denn finanziell hätte ich es nicht nötig gehabt. Vielleicht kann ich mich endlich auch für eine neue Liebe öffnen, denn Dr. Hoffenfreund auf der geriatrischen Station scheint mich sehr zu mögen. Mal sehen, was die Zukunft bringt, denn mein eigener Ehemann ist sozusagen für mich gestorben.

Befragung Frau von Hauenstein

Tinasoa ist erstaunt, was Kommissar Wolkenstein für ein Auto fährt. So sportlich wie er aussieht, hätte sie ihm einen kleinen schnittigen Sportwagen zugetraut. Nein, er fährt einen alten BMW 1502 aus den Siebzigern, mit einem Oldtimer Kennzeichen. Wolkenstein erstaunt einen immer wieder. Das ist ihr bereits während des Seminars aufgefallen.

Nach zehn Minuten erreichen sie die Villa der von Hauensteins. Sie müssen mehrmals läuten bis Frau von Hauenstein ihnen die Tür öffnet. Sie hat einen Morgenmantel an und macht einen verschlafenen Eindruck.

„Tinasoa, was gibt es dringendes, dass Sie mich zu so früher Stunde aus dem Bett klingeln?"

„Frau von Hauenstein, das ist Kommissar Wolkenstein. Dürfen wir reinkommen?"

Frau von Hauenstein wirkt erschrocken.

„Ja, natürlich."

Sie gehen ins Wohnzimmer.

„Was ist geschehen Herr Kommissar?"

„Es tut mir leid. Ich habe eine schlechte Nachricht für Sie. Ihr Mann ist tot."

Für ein Paar Sekunden spricht niemand.

„Das kann nicht sein."

„Er wurde in seinem Praxiszimmer tot aufgefunden."

„Warum die Polizei?"

„Der Tod wurde gewaltsam herbeigeführt. Kann ich Ihnen einige Fragen stellen?"

„Sicher."

„Wann haben Sie ihren Mann zuletzt gesehen?"

„Das war gestern Morgen beim Frühstück."

„Haben Sie sich nicht gewundert, dass er nicht nach Hause kam?"

„Nein. Er hat Donnerstags öfter in der Praxis übernachtet."

„Was haben Sie gestern Abend, gestern Nacht gemacht?"

„Ich hatte Kopfschmerzen. Ich habe eine Schlaftablette genommen und bin früh ins Bett gegangen. Verdächtigen Sie mich etwa?"

„Das ist reine Routine. Können Sie mir noch etwas über das Verhältnis zu Ihrem Mann erzählen? Ich habe den Eindruck der Tod Ihres Mannes geht Ihnen nicht sehr nahe."

„Da haben Sie recht. Tinasoa, warum sind Sie hier?"

„Ich habe ihren Mann gefunden und die Polizei informiert."

„Frau von Hauenstein, Sie wollten mir etwas über die Beziehung zu Ihrem Mann sagen."

„Der Öffentlichkeit wegen haben wir uns nicht scheiden lassen. Jeder lebte sein eigenes Leben. Auch wenn wir uns nicht mehr geliebt haben, sind wir trotzdem gut miteinander ausgekommen. Tinasoa wird Ihnen das bestätigen können. Sie war öfter hier."

„Eine Frage noch. Gab es andere Frauen im Leben Ihres Mannes?"

„Jede Menge. Er liebte Frauen. Manchmal hatte er zwei gleichzeitig. Selbst seine Angestellten waren nicht vor ihm sicher. Frau Fröhlich ist seine aktuelle Eroberung, soweit Ich weiß."

„Hat Ihnen das nichts ausgemacht?"

„Früher schon, heute nicht mehr. Ich sagte bereits, jeder hat sein eigenes Leben geführt."

„Frau von Hauenstein, ich danke Ihnen. Für heute sollte das genügen."

„Da fällt mir ein, hat Ihr Mann hier im Haus ein Arbeitszimmer? Wenn ja, kann ich einen Blick hineinwerfen?"

„Tinasoa, Sie wissen, wo das Arbeitszimmer ist. Bringen Sie bitte den Kommissar dorthin. Ich muss mich setzen. Ich habe ganz weiche Knie."

Tinasoa führt Wolkenstein ins Arbeitszimmer.

Sie sehen sich eine Weile um, können nichts Besonderes entdecken. Auf dem Schreibtisch liegt ein leerer Briefumschlag der Firma Rautex Pharma. Der Schreibtisch ist verschlossen. Tinasoa macht einige Fotos mit ihrem Handy.

„Sie wissen, das ist nicht erlaubt."

„Ich habe nur einen Blick auf mein Handy geworfen. Was soll daran nicht erlaubt sein?"

„Schon gut. Ich habe nichts gesehen."

Sie gehen zurück ins Wohnzimmer.

„Frau von Hauenstein haben Sie einen Schlüssel vom Schreibtisch?"

„Leider nicht, Herr Kommissar. Er ist am Schlüsselbund meines Mannes."

„Dann müssen wir noch einmal wiederkommen."

„Kann ich was für Sie tun Frau von Hauenstein?" fragt Tinasoa.

„Danke, lieb von Ihnen, aber ich muss erst begreifen, was passiert ist. Herr Kommissar kann ich Ihn noch mal sehen?"

„Ja natürlich. Ich rufe Sie an."

Tinasoa und Wolkenstein verabschieden sich.

„Frau von Hauenstein war nicht eifersüchtig. Kaum zu glauben," bemerkte Wolkenstein.

„Sie haben recht, schließlich haben sich die beiden mal geliebt. Sie haben nie gestritten. Im Gegenteil, sie gingen respektvoll miteinander um. Ich hatte immer den Eindruck, dass sie zusammengehören."

Sie fahren zurück in die Praxis. Während der Fahrt erhält Wolkenstein einen Anruf vom Rechtsmediziner. Dank der Freisprechanlage kann Tinasoa das Gespräch mit anhören.

„Hallo Wolkenstein, hier spricht Eisenhuth. Der Tod trat zwischen 2 und 3 Uhr morgens ein. Ursache war ein Schlag mit einem stumpfen Gegenstand - eine breitflächige Gewalteinwirkung auf die Schädelkalotte. Dieser frontobasale Schädelbasisbruch entsteht durch Gewaltanwendung auf den Stirn-Nasen-Bereich. Der Schlag führte unmittelbar zum Tode. Es könnte sein, dass es ein Linkshänder war, aber nicht zwingend. Das hängt vom Standort des Täters zum Toten ab. Denkbar ist, dass der Täter auf den liegenden Professor eingeschlagen hat, was noch zu klären ist. Der stumpfe Gegenstand hat in der Wunde ein Muster hinterlassen. Es sieht wie Halbkreise aus. Ich kann es zurzeit nicht deuten. Vorausgegangen war ein Sturz. Der Tote ist mit dem Hinterkopf auf die Schreibtischkante gefallen, wie nach einem Stoß. Was zu einem mittelschweren Schädelhirntrauma führte. Der Tote war eine Zeit lang bewusstlos. Vielleicht ein, zwei Stunden. Die Schwellung am Hinterkopf deutet auf eine Zeit am frühen Abend hin. Was von der Blutgerinnung des aus der Wunde stammenden Blutes bestätigt wird. Es könnte sein, dass der Professor zeitweise das Bewusstsein verloren hat. Das ist alles für den Moment. Haben sie noch Fragen?"

„Können es zwei Täter gewesen sein?"

„Das wird sich nach der DNA-Analyse zeigen. Außerdem fehlt noch die Mordwaffe. Bis später."

„Wow, zwei Täter"

„Das war alles nicht für Ihre Ohren bestimmt."

„Ich bin doch mittendrin und könnte an einem realen Fall recherchieren. Bitte, lassen Sie mich mit ermitteln. Ich halte mich auch an Ihre Anweisungen. Was sagen Sie?"

„Ich werde es mir überlegen."

Befragung Frau Fröhlich

Tinasoa und Wolkenstein treffen in der Praxis ein. An der Eingangstür hat jemand ein Schild „Praxis wegen Todesfall vorübergehend geschlossen" angebracht. Die Spurensicherung ist noch beschäftigt. Dr. Jansen und Frau Fröhlich haben ihre Behandlungsräume aufgesucht.
Wolkensteins Assistent Peter Meyer befragt die Arzthelferin Silke Bäumer im Wartezimmer.
Die Auszubildenden Danni Hauser, Sabine Senger und Aische Kemal sind weiterhin im Aufenthaltsraum.
„Hallo Peter. Ich. Wir sind wieder zurück."
Der Assistent unterbricht seine Vernehmung.
„Jo, können wir kurz reden?"
„Natürlich," antwortet Wolkenstein.
„Ich habe die Damen im Aufenthaltsraum befragt. Sie sind alle drei in der Ausbildung. Sie haben zusammen den Abend verbracht und geben sich gegenseitig ein Alibi. Wir sollten sie nach Hause schicken. Alle anderen müssen wir genauer unter die Lupe nehmen. Ich verhöre gerade die Arzthelferin Silke Bäumer. Wenn du hier den Rest übernimmst, fahre ich anschließend ins Kommissariat und checke die Daten aller Mitarbeiter."
„Tu das. Ich übernehme den Rest. Schick die Azubis nach Hause. Bis später im Büro."
„Bis später."

„Tinasoa, wo sind die Räumlichkeiten von Frau Fröhlich?"

„Kommen Sie, ich bringe Sie hin."

Die Tür ist verschlossen. Sie klopft.

„Herein."

„Frau Fröhlich, Kommissar Wolkenstein hat einige Fragen an Sie."

„Wie kann ich weiterhelfen?"

„Mich interessiert Ihr Verhältnis zu Professor von Hauenstein."

„Ich bin seit fünf Jahren fest angestellt. Der Professor war ein guter Arbeitgeber. Wir sind gut miteinander ausgekommen."

„Soweit ich weiß, haben Sie eine Affäre mit von Hauenstein."

„Das ist richtig. Ich hatte bis vor sechs Monaten eine Affäre mit ihm."

„Warum haben Sie die Affäre beendet?"

„Fridolin war nicht treu und so ein Verhalten ist nichts für mich."

„Wo waren Sie gestern Abend und letzte Nacht?"

„Ich war bei mir zu Hause, habe bis ca. 23:00 Uhr ferngesehen und bin dann ins Bett gegangen."

„Haben Sie Zeugen?"

„Nein, ich war alleine."

„Wissen Sie, ob jemand Streit mit dem Professor hatte?"

„Fragen Sie Doro. Sie hatte vor zwei Tagen einen Streit mit ihm. Beide haben sich fürchterlich angeschrien."

„Konnten Sie hören, worum es ging?"

„Leider nicht. Man munkelt in der Praxis, dass Rezepte fehlen, blanko Rezepte, die der Professor für den Notfall unterschrieben hatte."

„Wissen Sie, mit wem der Professor im Moment zusammen war?"

„Es könnte Doro sein. Er war jedenfalls scharf auf sie."

„Fürs erste reicht mir das. Guten Tag, Frau Fröhlich."

„Wo finden wir diese Doro?"

Tinasoa überlegt.

„Sie ist zu Dr. Jansen gegangen."

„Seien Sie so nett und bitten Sie sie in den Aufenthaltsraum."

Befragung Dorothea Hauser-Kling

Doro sitzt noch immer im Aufenthaltsraum. Es ist 11.30 Uhr. Die Azubis und Silke Bäumer konnten die Praxis schon verlassen. Zwischendurch ist Doro schon mal zur Tür geeilt, weil Patienten geklingelt haben. Einigen Patienten händigt sie Rezepte aus, die Hauenstein noch fertig unterschrieben hatte.

Da sie die Modezeitschrift längst ausgelesen hat, tippt sie noch einige Nachrichten in ihr Handy. Es gibt weiter nichts zu tun. Sie recherchiert unter dem Stichwort „Kriminalfälle". Es gibt immer noch ungeklärte Fälle, die die Öffentlichkeit bewegen wie Morde an bekannten Politikern oder das Verschwinden von Kindern. Würde sich der Tod von Fridolin aufklären lassen? Je mehr sie darüber nachdenkt, desto sicherer wird sie, dass ihre Gegenwehr und der Sturz ihres Chefs nicht zum Tod geführt haben können. Aber ein kleiner Restzweifel bleibt. Wenn doch, dann wäre es Notwehr.

Was soll sie der Polizei erzählen? Nachdenklich geht sie zur Senseomaschine und legt schon das dritte Cappuccino Pad ein. Während sie noch ihren Cappu trinkt - die große Wanduhr zeigt 11.55 Uhr - wird die Tür geöffnet und Kommissar Wolkenstein erscheint.

„Frau Hauser-Kling, kommen Sie bitte zur Befragung in den Praxisraum".

Dorothea stellt rasch ihre Tasse neben die Kaffeemaschine

auf die Anrichte, wirft ihre dunklen Locken zurück und folgt dem Kommissar.

„Erst einmal vielen Dank, dass Sie mir heute Morgen noch schnell die Mitarbeiterliste mit den Arbeitszeiten der einzelnen Personen erstellt haben. Das war sehr hilfreich um uns einen Überblick zu verschaffen".

Doro lässt sich auf den bequemen Ledersessel fallen, den Prof. Hauenstein stets nutzte, wenn einige seiner Patienten sich auf dem gemütlichen weinroten Sofa mit den flauschigen Kissen niederließen,

„Sie sind also Dorothea Hauser-Kling, sozusagen die rechte Hand Ihres jetzt ermordeten Chefs. Was sagen Sie zu seinem Tod? Sie scheinen es recht gelassen zu nehmen."

„Das scheint nur so, Herr Kommissar. Als ich es heute Morgen erfahren habe, war ich doch schon sehr schockiert".

„Dafür wirken Sie aber noch recht ruhig, zumal Sie ein Verhältnis zu Ihrem Chef gehabt haben sollen"

„Wer sagt das? Infame Lüge" ruft sie aufgebracht.

„Namen tun hier nichts zur Sache, das haben mir mehrere Leute bestätigt. Sie sollen es sogar hier in der Praxis mit ihm getrieben haben, was sagen Sie dazu?"

„Ja stimmt, aber ich wurde gezwungen."

„Reden Sie doch keinen Quatsch, wieso gezwungen? Fast jeder hier weiß Bescheid, dass Sie sich, äh.. (er räuspert sich), na dass Sie sexuell recht aktiv sind".

„Bei meinem Freund Igo stimmt das auch, aber ich gehe nicht

absichtlich fremd, schon gar nicht, wenn ich ein erfülltes Sexualleben habe".

Wolkenstein ist es peinlich, in welche Richtung sich das Gespräch entwickelt, aber er muss der Sache auf den Grund gehen.

„Was war zwischen Ihnen und Prof. von Hauenstein?"

„Was soll zwischen uns schon gewesen sein? Das Schwein hat mich gezwungen und erpresst. Das müssen Sie mir glauben. Ich bin froh, dass er das jetzt nicht mehr kann".

„Womit und warum hat Ihr Chef Sie erpresst"?

„Na ja, er hat mich erwischt mit den Rezepten."

„Könnten Sie mir das bitte genauer erläutern, Frau Hauser-Kling."

„Na ja, der Fridolin, ich meine natürlich Prof. Hauenstein, hat schon vorher einige Rezepte unterschrieben hier liegen gehabt und die habe ich dann ergänzt mit Igos Daten. Sie müssen wissen, mein Freund ist Fitnesstrainer und um seine Muskeln zu erhalten und noch weiter aufzubauen, brauchte er bestimmte Medikamente".

„Mit anderen Worten, Sie haben die Rezepte gefälscht?"

„Och, wenn Sie das so sehen Herr Kommissar, aber diese blöde Tusse hat es gesehen und ihm gleich gesteckt. Ich habe es doch nur aus Liebe zu meinem Igo getan."

„Wer war diese blöde Tusse und was passierte dann? Hat der Professor Ihnen eine Abmahnung geschickt?"

„Die Fröhlich war es, die hatte mal eine Affäre mit ihm. Fridolin fand mich viel anziehender als sie. Zumindest hat er das gesagt und hatte dann die perfide Idee, ich sollte nett zu ihm sein. Jeden Donnerstagabend, wenn alle die Praxis verlassen hatten, musste ich ihm zu Willen sein. Das war hinterher nur noch ekelhaft. Sein Druckmittel war mich bei der Polizei anzuzeigen."

„Wie lange ging das?"

„Seit Februar dieses Jahres."

„Also auch an diesem Donnerstagabend? Sie wissen schon, dass Sie das zu einer unserer Hauptverdächtigen macht. Sie haben jedenfalls ein Motiv."

„Ich schwöre Herr Kommissar, ich wollte ihn nicht töten. Er sollte nur aufhören und da habe ich ihn gestoßen. Er fiel hin, dann bin ich weg. Oh mein Gott, habe ich ihn umgebracht?"

„Nun beruhigen Sie sich erst einmal. Die Gerichtsmedizin hat festgestellt, dass der Professor nicht an dem Sturz gestorben ist, sondern später mit einem Gegenstand erschlagen wurde. Wisen Sie etwas dazu? Wann haben Sie an diesem Abend die Praxis verlassen?"

„Ich weiß es nicht mehr, Gott sei Dank bin ich keine Mörderin. Ich konnte mir auch nicht vorstellen, dass er nach dem Sturz gleich tot ist. Habe sonst keinen gesehen oder gehört. Ich bin gegen 20 Uhr weg, habe die Glocken der Kirchenuhr gehört.

Eine Frage habe ich noch Herr Kommissar. Ich vermisse seit

gestern eine kleine goldene Halskette mit einem Herz, auf dem D+I eingraviert ist, die Kette hatte mir Igo geschenkt. Ich glaube, von Hauenstein hat sie mir abgerissen, als er mich vergewaltigen wollte. Wurde sie gefunden?"

Befragung Silke Bäumer

Silke hatte in der Nacht draußen mit Walther noch heftig diskutiert, ob sie den Notruf wählen oder die Polizei anrufen sollten.
Walther, der alte Feigling, entschied dann kurzerhand, jeder solle zu sich nach Hause fahren. Er hatte direkt ein Taxi bestellt, dass sie vor ihrer Haustür in der Wibbeltgasse 23 absetzte. Ein kurzer Abschiedskuss auf die Wange, das wars.
„Keine gemeinsame Liebesnacht, aber die konnte er ja mit seiner Ehefrau Conny noch nachholen," dachte sie grimmig. Sie war noch immer aufgewühlt, aber auch schlagartig wieder nüchtern. Der Anblick des blutüberströmten Professors ging ihr nicht mehr aus dem Kopf. Wie gern hätte sie jetzt jemanden gehabt, der sie einfach nur in den Arm nimmt und sie beruhigt. Plötzlich bekam sie eine richtige Wut auf Walther.
„Der ist fein raus, hat Frau und Tochter, auch wenn es in der Ehe kriselt, ist er wenigstens nicht allein."
Dann ließ sie ihren Tränen freien Lauf.
„Außerdem wird er bestimmt nichts erzählen, um seinen Ruf und seine Ehe nicht noch mehr zu gefährden."
Sie musste wohl oder übel das Spiel mitspielen und Freitagmorgen arglos zur Arbeit erscheinen. Erschöpft schlief sie in ihrem Bett ein.

Ihr Radiowecker springt um 7 Uhr an. Eine fröhliche Stimme verkündet, dass es ein schöner Tag würde.

„Aber nicht für mich," denkt sie schlaftrunken und drückt grummelnd die Aus-Taste.

Einen Augenblick überlegt sie, sich krank zu melden, aber das wäre zu auffällig. Es wäre zu peinlich, wenn die anderen erführen, warum sie mit Walther wirklich in der Praxis war.

Die Dusche erfrischt sie ein wenig und der starke Kaffee weckt ihre Lebensgeister.

Ihr kleiner roter Golf, den ihre Eltern ihr zum 20. Geburtstag geschenkt hatten, springt erst beim fünften Versuch an. Da sie zu Hause herumgetrödelt hat, wird sie zu spät in die Praxis kommen.

Ihr ist klar, dass sie jetzt schauspielern muss. Als sie um 8:25 Uhr in der Praxis erscheint, ist alles in heller Aufregung.

Eigentlich weiß sie ja, was passiert ist, aber das darf keiner erfahren. Da muss sie jetzt durch. In der Praxis laufen Leute herum zum Teil mit weißen Schutzanzügen, die sie noch nie gesehen hat. Ein schlaksiger junger Mann, der sich als Peter Meyer vorstellt, klärt sie mit knappen Worten darüber auf, dass der Professor morgens tot in der Praxis aufgefunden worden ist.

Sie haucht ein überraschtes „Oh mein Gott, wie schrecklich," da wird sie auch schon zu ihren Kolleginnen in den Aufenthaltsraum geschoben. Doro, die sich gerade ihre Lippen nachzieht, blickt sie tadelnd an.

„Na, Silke, ist wohl gestern wieder recht spät geworden. Das ist ja nicht das erste Mal," bemerkt sie spitz und greift nach einer herumliegenden Modezeitschrift.

Auch die drei Azubis Danni, Sabine und Aische hocken in einer Ecke des Aufenthaltsraumes und flüstern aufgeregt. Silke bekommt nur Wortfetzen mit.

„Es war bestimmt eine von seinen Ischen," dann ein schiefer Blick auf Doro, die ungerührt ihre Zeitung weiterliest.

„Das glaub ich nicht," meint Silke.

„Oder Du warst es aus verschmähter Liebe," schreit Danni, die Silke nicht leiden kann.

„Halts Maul," zischt Silke und holt ihr Handy aus der Tasche. Sie muss sich jemandem mitteilen und so schreibt sie Anne, die sie im Mikado wegen Walther hatte stehen lassen, was sich noch so alles ereignet hat. Auch an Walther schickt sie eine Message. Im Internet hat sich die Nachricht von dem toten Professor rasend schnell verbreitet.

Endlich, nach gefühlten 2 Stunden wird sie von Peter Mayer zur Befragung ins Wartezimmer von Hauenstein gerufen. Sie ist froh, den Azubis entkommen zu sein. Der Raum ist weitestgehend gesäubert und die Leiche abtransportiert. Als Silke auf dem Boden die nachgezeichnete Lage des Mordopfers sieht, wird sie leichenblass, ihre Knie zittern und sie muss sich setzen.

„Was ist, Frau Bäumer, geht's ihnen nicht gut?"

„Es geht schon wieder, aber diese Zeichnung…, genauso lag er da".

Erschrocken schlägt sie sich auf den Mund.

„Sie haben doch heute Morgen gar nicht die Leiche gesehen, woher wissen sie denn, in welcher Position der Tote lag?"

„Nein, natürlich nicht, entschuldigen Sie bitte. Es nimmt mich halt so mit."

Nachdenklich streicht sich der Kriminalassistent über seine Bartstoppeln.

„Wo waren Sie gestern Abend und kann das jemand bezeugen?"

„Ich habe mich nach Dienstschluss mit meiner Freundin Anne Lesslü getroffen, wir sind dann ins Mikado gegangen. Der Club ist hier in der Nähe."

„Soso. Wann haben Sie den Club verlassen und war Ihre Freundin dabei?"

„Äh, nein ich habe noch einen Bekannten getroffen. Der ist dann mit mir rausgegangen."

„Mensch, lassen Sie sich doch nicht alles aus der Nase ziehen. Ich brauche den Namen Ihres Bekannten und den Zeitpunkt, wann Sie den Club verlassen haben."

„Ich glaube, es war kurz nach 3 und ich bin mit Walther herausgegangen."

„Welcher Walther, Mensch, reden Sie, und was war danach, wie sind Sie nach Hause gekommen?"

„Walther König, er arbeitet bei Rautex Pharma und kommt häufig in die Praxis."

„Gut, wir werden ihn auch befragen. Trotzdem weiß ich noch

nicht, wie Sie nach Hause gekommen sind. Nach meinen Informationen wohnen Sie in der Wibbeltgasse 23. Das ist ein ganzes Stück von hier entfernt. Ich glaube kaum, dass Sie den ganzen Weg zu Fuß gegangen sind."

„Nö, Walther hat mir ein Taxi gerufen."

„Danke, das wars. Das mit dem Taxi können wir leicht bei der Taxizentrale überprüfen. Es kann durchaus sein, dass Sie noch einmal vorgeladen werden, wenn sich Widersprüche ergeben."

Doro verlässt die Praxis

Es ist Freitag.

„Ein Unglückstag," denkt Dorothea Hauser-Kling. Sie ist noch völlig durcheinander von den Geschehnissen heute Morgen. Wie ihre Kolleginnen wird sie, wie es ihr vorkommt, stundenlang verhört. An regulären Praxisbetrieb ist nicht zu denken. Alle Patienten werden wieder weggeschickt.

Normalerweise wird freitags die Praxis gegen 13 Uhr geschlossen, doch heute kann sie ihren Arbeitsplatz erst um 13:45 Uhr verlassen.

Sie ist froh, dass sie den Bus um 14:07 Uhr noch erreicht. Üblicherweise wäre sie sonst mit dem kleinen roten Fiat zum Ärztehaus gefahren, doch Igo hat heute frei und will mit seinem Sohn zum Angeln fahren. Der Schächter See liegt knapp 25 km entfernt und so hat sie den beiden das Auto überlassen. „Father-Son-Day" nennt Igo diesen Tag, den er alle zwei Monate mit seinem Sohn verbringt. Im Laufe des Vormittags wollen die beiden aufbrechen und werden vermutlich erst am frühen Abend zurückkehren, denn ohne gefangenen Fisch kommt ein früherer Zeitpunkt nicht in Frage. Als Doro heute Morgen gegen 6:30 Uhr aufsteht, um pünktlich zur Praxis zu kommen, dreht Igo sich im Bett noch einmal um, knurrt etwas von „viel Spaß" und schläft weiter. Dabei hatte Igo sie gestern getröstet, als sie ihm erzählte, dass Dr. von Hauenstein wieder zudringlich geworden war. Das war schon häufiger vorgekommen, doch gestern hat sie ihren Mut zusammengenommen und den Arzt angeschrien, dass sie das nicht mehr weiter mitmache. Doch der alte Macho hatte nur gelacht und hämisch erwidert:

„Nun stell Dich nicht so an Süße, es hat Dir doch vorher immer gefallen. Du kannst ganz schnell deinen Job verlieren, wenn ich - sagen wir mal - etwas zu viel plaudere und das wollen wir doch beide nicht."

Bisher hatte Doro sich nicht gewehrt, stillgehalten und an Igo gedacht. Sie fürchtete diese Donnerstagabende, wenn alle bereits die Praxis verlassen hatten, bevor es losging. So war es auch gestern und doch war es anders. Als rechte Hand von Hauenstein konnte sie nicht einfach eher gehen und immer wieder schwor sie sich, dieses widerwärtige Spiel nicht länger mitzumachen. Wenn sie jedoch an Igo dachte und was sie ihm dadurch ermöglichen konnte, knickte sie wieder ein. Trotzdem konnte es so nicht weitergehen. Nachdem sie ihn lautstark aufgefordert hatte, diese Belästigungen zu unterlassen und er darauf nur diese hämische Antwort hatte, sah sie rot.

„Dieser alte geile Bock, ich will nicht mehr," fuhr es ihr blitzartig durch den Kopf und sie stieß ihn mit ihrer ganzen Kraft zurück. Hauenstein taumelte und fiel hin. Mehr sah sie nicht, denn sie rannte so schnell sie konnte aus dem Zimmer und fuhr nach Hause. Später hatte sie leichte Gewissensbisse, da sie einfach abgehauen war. Als sie Igo davon erzählte, nahm er sie in den Arm.

„Der Kerl hat es nicht anders verdient, das hast Du schon ganz richtig gemacht," tröstete er sie.

Darüber, dass sie es nur ihm zuliebe gemacht hatte, verlor er kein Wort. Doro war etwas enttäuscht.

Im Bus lässt sie den gestrigen Abend noch einmal Revue passieren. War sie eine Mörderin?

Sie wusste doch zu dem Zeitpunkt nicht, dass ihr Chef heute tot aufgefunden werden würde. Gestern war sie sogar etwas stolz auf sich, da sie sich zum ersten Mal gegen seinen Übergriff gewehrt hatte.

Um sich zu beruhigen, hatte sie Igo gestern überredet, eine Flasche Rotwein zu öffnen. Den Rest des Spätburgunders hatte sie in den Vorratsschrank gestellt. Den wird sie sich gleich zu Hause genehmigen.

Gedankenverloren steigt sie mit zittrigen Knien aus dem Bus und geht zu ihrer Wohnung, die sie sich mit Igo teilt. Die frische Luft tut ihr gut. Ihr wird klar, dass sie jetzt erst allein sein wird, denn mit Igo ist frühestens um 18 Uhr zu rechnen. In der schicken, stilvoll eingerichteten Wohnung schaltet sie sofort den Fernseher an um sich abzulenken. Aber egal, was sie einschaltet, überall auf dem Bildschirm wimmelt es von Polizisten. Sie sieht von Hauenstein vor sich und überall Blut. Selbst der ‚Pinot Noir' kann sie nicht beruhigen. Im Gegenteil, der Rotwein verstärkt noch ihre Assoziationen.

Erschöpft legt sie sich aufs Sofa und wird erst wach, als sie den Schlüssel im Türschloss hört. Erschreckt fährt sie hoch. Es sind Igo und Alex, die freudestrahlend ins Wohnzimmer stürmen und ihr einen großen Karpfen unter die Nase halten. Sie wendet sich ab, denn in diesem Moment kann sie die Freude nicht teilen.

„Igo, Igo, es ist etwas schreckliches passiert," schluchzt sie und schaut ihren Freund an. Mitfühlend nimmt dieser sie in den Arm.

„Aber Schatz, was ist denn passiert, Du siehst ja ganz verheult aus."

„Ich, ich habe dir doch von gestern erzählt, Hau-Hauenstein ist tot," stottert sie. Nach und nach erzählt sie völlig aufgelöst und durcheinander von dem Auffinden der Leiche und den morgendlichen Verhören.

„Ich konnte es nicht anders, ich musste dem Kommissar die Wahrheit sagen, dass ich ihn geschubst habe und auch warum. Igo, Igo , es ist meine Schuld, ich hätte ihn nicht einfach da liegenlassen sollen, dann würde er vielleicht noch leben."

„Komm Liebes, nun beruhige Dich erst einmal. Ist es denn erwiesen, dass dieses Arschloch an dem Sturz gestorben ist?" fragt Igo nach, der seine Abneigung gegen Doros Chef nicht verhehlen kann.

„Der Kommissar, so ein lässiger Typ mit Jeans und Turnschuhen, oder ein anderer Mann haben gesagt, ein Schlag mit einem stumpfen Gegenstand hat den Tod verursacht, aber ich habe ihn doch nur gestoßen."

„Siehst Du, dann hast Du ihn auch nicht umgebracht," beruhigt Igo seine Freundin.

Alex steht währenddessen regungslos und stumm dabei. Da registriert Doro, dass sich Vater und Sohn einen verschwörerischen Blick zuwerfen und ihr fällt ein, dass beide gestern gegen 22 Uhr längere Zeit miteinander telefoniert hatten. Von dem Inhalt des Gespräches bekam sie nicht viel mit. Danach nahm Igo seine Jacke und verschwand mit den Worten: „Tschüss, ich bin mal eben kurz weg."

Allerdings kam er viel später zurück, als Doro schon längst im Bett lag und schlief.

Tinasoa und Wolkenstein beim Italiener

„Tinasoa, was halten Sie von einer Stärkung?"
„Gute Idee."
„Kennen Sie was in der Nähe?"
„Um die Ecke gibt es einen Italiener - Pizzeria Luigi - der soll sehr gut sein."
„Kommen Sie, ich lade Sie ein. Sie haben für heute genug durchgemacht."
Beide entscheiden sich für Spaghetti Napoli.
„Wie kommen Sie mit alldem zurecht?"
„Ich weiß es nicht. Ich hatte bis jetzt noch keine Zeit darüber nachzudenken."
„Das ist gut. Viele brechen nach einem Leichenfund total zusammen. Haben Sie zu Hause jemand, der sich um Sie kümmern kann?"
„Ja. Ich wohne mit zwei Freundinnen zusammen."
„Wie steht es mit ihrem Studium? Haben Sie das Rechercheseminar gut zu Ende gebracht?"
„Das Seminar besteht aus zwei Teilen. Den ersten Teil kennen Sie. Sie waren selbst daran beteiligt. Im zweiten Teil beschäftigen wir uns mit Arten von Recherchemitteln: wie man die richtigen findet und wie man sie am besten einsetzt. Ohne elektronische Mittel ist Recherche heute nicht denkbar. Für guten Journalismus ist seriöse Recherche eine Pflicht. Professor Reinhardt hat Recherchieren als detektivische Kleinarbeit

bezeichnet. Von ihm ging die Initiative zur Zusammenarbeit mit der Kriminalpolizei aus."

„Elektronische Recherche, wie wahr. Unsere Polizeiarbeit besteht zum großen Teil aus der Informationsbeschaffung mit dem PC. Was der Computer uns nicht abnehmen kann, ist die Kombinationsgabe, das Puzzle zusammenzusetzen. Diese Spürnase wird ein Rechner nie ersetzen können."

„Herr Wolkenstein, Sie haben recht."

„Nennen Sie mich beim Vornamen."

„Das mache ich gern, wenn Sie ihn mir verraten."

„Jo, sagen Sie einfach Jo, so nennen mich alle."

„Wo für steht Jo?"

„Jo ist die Abkürzung von Johannes. Falls Sie wissen wollen, was Johannes bedeutet, haben Sie was zu recherchieren. Von mir erfahren Sie das nicht."

„Das mache ich bestimmt. Sie haben einiges über mein Studium erfahren. Ich könnte praktische Erfahrungen sammeln, wenn ich bei Ihnen mitarbeiten darf."

„Ich habe Ihnen versprochen darüber nachzudenken. Versprochen ist versprochen."

„Danke."

„Kann ich Sie gleich nach Hause bringen?"

„Nein danke. Mein Fahrrad steht vor der Praxis."

Sie trinken noch einen Kaffee und gehen zurück zur Praxis.

„Ich melde mich bei Ihnen, Tinasoa. Haben Sie einen schön Abend."

„Sie auch. Jo, danke für die Einladung."
„Gerne."
Es ist 15:30 Uhr.
Tinasoa holt ihr Fahrrad und radelt nach Hause.
Jos Arbeitstag ist nicht zu Ende. Im Gegenteil, er wird noch etliche Stunden im Büro verbringen und recherchieren. Er fühlt sich gut, wie lange nicht mehr. Das Essen mit der Studentin hat ihm gut getan, eine liebenswerte, selbstbewusste, junge Frau, voller Energie.
„Ich muss mir ernsthaft überlegen, wie ich Sie einsetzen kann."
Er setzt sich in seinen 1502 und fährt ins Büro, wo sein Assistent Peter ihn erwartet.

Dr. Jens Jansen

Ich halte es wie im Oscar Wilde-Zitat:
Als ich klein war, glaubte ich, Geld sei das wichtigste im Leben. Heute, da ich alt bin, weiß ich, es stimmt. Ich bin erst Anfang 30, dennoch spielen die Finanzen für mich eine wichtige Rolle. Wie soll man sonst seinen Lebensstandard halten? Unterhalt für die Kinder, der Porsche, ein zweites Haus, etc…, das alles kostet.
Auf dem Internat hatte ich aufgrund der Anfangsbuchstaben meines Namens den Spitznamen ‚Doppel J', Jens Jansen, benannt nach meinen dänischen Vorfahren.
Warum nicht auch doppeltes Geld verdienen? Das Leben kann verdammt teuer sein. Wie aber kommt man zu mehr Geld? Das geht meiner Meinung nach nur dadurch, dass man versucht das vorhandene Geld zu vermehren, wenn man nicht gerade eine Erbschaft gemacht hat. Vor einigen Jahren habe ich angefangen Lotto zu spielen. Aber viel gebracht hat das nicht, da ich immer teure Tippscheine abgegeben habe. Der höchste Betrag, den ich damals gewann, waren 230,- Euro. Auch Pferdewetten brachten nicht viel. Also kam ich auf die Idee an freien Wochenenden zu Spielbanken zu fahren.

In einem der größten Casinos Deutschlands - dem Casino-Hohensyburg – wurde ich Stammgast. Hier findet man eine große Auswahl an Glücksspielen, aber auch Restaurants, Bars und Events. Beate, meine Ex, hatte natürlich kein Verständnis, wenn ich jedes Wochenende Richtung Dortmund aufbrach und kein Geld mit nach Hause brachte. Sie jammerte rum, ich solle mehr mit der Familie machen. Als ob ich mich nicht um meine Söhne kümmerte. Jeden Abend nach der Praxis las ich dem Kleinen vor, baute Burgen aus Playmobil oder spielte mit dem Älteren Playstation.

Beate konnte nicht nachvollziehen, wie es ist, am Roulette Tisch zu stehen oder gleichzeitig mehrere Tische zu bedienen. Dieses Gefühl, wenn man seine Chips oder Bargeld auf den Tisch geworfen hat, kurz bevor der Croupier die Kugel in das Roulette Rad wirft und mit einer Handbewegung verkündet „Nichts geht mehr", diese Bruchteile von Sekunden, in denen man noch seinen Einsatz machen kann und dann die Spannung, die ins Unermessliche steigt, wenn sich die Kugel den Zahlen oder Feldern nähert, auf die man gesetzt hat. Bleibt sie liegen, ist alles entschieden. Entweder nimmt man selbst die Chips vom Spieltisch oder der Croupier verteilt sie, wobei die übrigen zusammengekratzt werden und an die Bank gehen. Mal hatte ich Glück, hastete schnell zum nächsten Tisch, den ich auch mit Chips oder Geldscheinen belegt hatte, aber oft ging mein Einsatz an die Bank. Dann war ich bestrebt, das Geld wieder zurückzuholen, denn die Chance auf die richtigen Zahlen zu setzen besteht immer. Während Raum und Zeit verschwinden, ist es wie ein Rausch.

Das versteht nur jemand, der es selbst erlebt hat.

Mit Beate hatte ich immer häufiger Streitereien. Zum großen Knall kam es, als sie erfuhr, dass ich 300,- Euro vom Sparbuch meines ältesten Sohnes genommen und verspielt hatte. Sie beschimpfte mich wüst, nannte mich spielsüchtig und reichte nach zehn Ehejahren schließlich die Scheidung ein. Meine Beteuerungen halfen nichts.

„Ich und spielsüchtig!"
Gerade ich als Psychiater und Neurologe kenne mich mit Suchtverhalten aus. Beim nächsten Mal hätte ich wieder Geld gewonnen und auf das Sparbuch eingezahlt. Mein Pech war, dass sie es vorher gemerkt hat.
Wie dem auch sei, jetzt habe ich meine Junggesellenfreiheit wieder, aber auch eine Menge zusätzlicher Kosten am Hals. Es ist schwer, den bisherigen Lebensstandard aufrecht zu halten. Vermutlich werde ich meinen silbernen Porsche Boxster gegen ein günstigeres Modell eintauschen müssen. Die Mädels fliegen auf Männer, die ein schickes Auto haben und sie hin und wieder zum Essen ausführen. Noch bin ich jung, kann meine neue Freiheit genießen, reisen und ein kleines Haus mieten. Beate habe ich unser Häuschen am Stadtrand überlassen. Dazu kommt der Unterhalt für die beiden Jungs. Mit meinem Kollegen Fridolin von Hauenstein habe ich schon vor geraumer Zeit über eine Praxisbeteiligung gespro-

chen, was sich natürlich auch in finanzieller Hinsicht positiv bei mir auswirken würde. Leider sind wir noch zu keinem Ergebnis gekommen.

Wolkenstein im Büro

Wolkenstein betritt um 15:40 Uhr das Kommissariat. Sein Assistent erwartet ihn bereits. Er hat die Fotos, die er von der Spurensicherung hat, sortiert und an der Pinnwand aufgehängt.
„Hier habe ich die Namen der vorläufig Verdächtigen aufgeführt:
Tinasoa Rahanta, die Reinigungskraft, sie hat die Leiche gefunden.
Frederike von Hauenstein, die Ehefrau.
Dr. med. Jens Jansen, Psychiater in der Praxis.
Regine Fröhlich, die Psychotherapeutin.
Doro Hauser-Kling, Arzthelferin.
Silke Bäumer, Arzthelferin.
Danni, Sabine und Aische, die Azubis der Praxis."
„Kaffee?"
„Einen großen Pott wie immer."
Peter hat alle Verdächtigen auf der Magnettafel aufgeführt, davon einige mit Bild.
„Am besten gehen wir alle durch und notieren unsere bisherigen Ergebnisse," meint Jo.
„Unser Opfer – Professor Fridolin von Hauenstein, Besitzer einer Arztpraxis für Neurologie und Psychiatrie, wurde am Freitag zwischen 2 und 3 Uhr morgens ermordet. Er liebte die Frauen.

Seine Ehefrau Frederike von Hauenstein, wird von ihrem Mann hintergangen. Er hat mehrere Geliebte. Ist sie eifersüchtig?"

„Ich schließe das nicht aus. Bei der Befragung heute Morgen hat sie das verneint."

„Was ist mit Frau Rahanta? Sie hat die Leiche gefunden. Vielleicht hat der Professor ihr nachgestellt und sie hat sich gewehrt."

„Auszuschließen ist das nicht, aber es passt nicht zu ihr."

„Kennst Du sie oder wieso meinst Du das?"

„Ja, ich kenne sie. Sie war eine von meinen Studentinnen."

„Ah, Du magst sie."

„Okay. Ich werde sie morgen erneut befragen. Wen haben wir noch?"

„Dr. Jansen hatte Streit mit dem Professor. Frau Fröhlich hatte ein Verhältnis mit dem Professor, bevor Frau Hauser-Kling, seine Arzthelferin, seine Geliebte wurde. Sie hatte Streit mit ihm. Sie soll Blanko Rezepte gestohlen haben. Silke kann ich nicht einordnen, sie hat ein Alibi. Sie war in der Disco mit Freunden. Die drei Azubis geben sich gegenseitig ein Alibi. Sie haben einen Mädels Abend gemacht. Das sind erst mal alle.

Ich habe alle polizeilich überprüft. Gegen keinen liegt etwas vor, nicht mal ein Verkehrsdelikt."

„Peter, wir sollten im Hinterkopf behalten, dass Professor von Hauenstein ein Frauenheld war. Hat seine Ehefrau jedenfalls behauptet. Wie Du siehst, sind in der Praxis bis auf Dr. Jansen nur Frauen beschäftigt. Du hast mit Frau Hauser-Kling gesprochen. Erzähl doch mal."

„Sie scheint etwas mit dem Tod des Professors zu tun zu haben. Ich habe den Verdacht, dass sie mit ihm gestritten hat. Sie war froh, als ich die Befragung beendet habe. Ich verfasse meinen Bericht, dann kannst Du Dir ein eigenes Bild machen."

Wolkenstein holt sich eine Kanne Kaffee, macht es sich an seinem Schreibtisch bequem und beginnt zu tippen.

Tinasoa zu Hause

Tinasao kommt nach Hause. Von ihren Mitbewohnerinnen ist keine da. Ein Glück, denn sie kann momentan keinen um sich haben. Sie gönnt sich eine heiße Dusche. Als sie die Augen schließt und das Wasser über ihr Gesicht rinnt, stürzen die Bilder vom toten Professor von Hauenstein auf sie ein. Sie öffnet die Augen und verlässt zügig die Dusche. Das hilft die Erinnerung aus ihrem Kopf zu vertreiben.

Nachdem sie sich bequeme Kleidung angezogen hat, kocht sie sich eine Kanne Pfefferminztee und setzt sich an ihren Schreibtisch. Zunächst ist sie mit Klausurvorbereitungen beschäftigt. Sie kann sich nicht konzentrieren. Immer wieder schweifen ihre Gedanken zum heute Geschehenen ab. Irgendwann gibt sie auf.

Sie hat sich vorgenommen den Tod des Professors aufzuklären. Im Studium hat sie gelernt, alle Informationen zeitnah aufzuschreiben, damit nicht das kleinste Detail verloren geht. Gedacht, getan. Sie freut sich, zum ersten Mal recherchiert sie in einem realen Fall.
„Selbst die Polizei kann mich nicht aufhalten. Mein Ziel ist es, den Mörder zu finden, auch wenn Wolkenstein mich nicht dabeihaben will."

Mittlerweile ist es 21 Uhr. Sie kopiert die Tatort Bilder vom Handy auf ihren Laptop. Glücklicherweise besitzt sie einen Fotodrucker. Sie hat ihn für ihr Studium angeschafft. Sie druckt alle Fotos aus und verteilt sie auf ihrem Bett. Kniend schaut sie sich jedes Foto genau an. Auf einem entdeckt sie eine Kette mit Anhänger, ein Herz, auf dem D+I eingraviert ist. Es ist Doros Kette.

„Das ist ein Geburtstagsgeschenk von meinem Freund Igo," erzählte ihr Doro.

„Ist sie die Mörderin? Auf jeden Fall ist sie verdächtig. Ich muss es Jo erzählen."

Auf einem anderen Foto sieht sie in der Vitrine aus amerikanischem Nussbaum das Medikament *Hexothal*. Einige Verpackungen dieses Präparats hat sie beim Reinigen der Räume vom Professor und Dr. Jansen in den Papierkörben gesehen. Hat Hexothal etwas mit dem Tod des Professors zu tun? Sie muss mehr über das Produkt erfahren. Sie nimmt ihren Laptop und sucht im Internet nach dem Medikament. Laut Recherche wird es bei Depressionen eingesetzt, gegen Antriebslosigkeit, Unruhe, Angstzustände und seelisch bedingten Schlafstörungen. Es ist ein neues Präparat, das am Samstag offiziell zugelassen wird. Hersteller ist Rautex Pharma, eines der größten Pharmaunternehmen Deutschlands. In der Niederlassung Münster werden Psychopharmaka entwickelt. Die Presse spricht von einer Revolution unter den Antidepressiva. In der Datenbank für medizinische und pharmazeutische Literatur findet Tinasoa einige Artikel über Hexothal. In einem wird von Angstzuständen und Selbstmord als seltene Nebenwirkungen berichtet.

„Ich muss herausfinden, wer bei Rautex Pharma für das Produkt zuständig ist und wer die Toten sind," schießt es Tinasoa durch den Kopf. Sie sucht im Archiv vom *Blitz Kurier*. Vor einem Jahr erschien dort ein Artikel über Rautex Pharma und Hexothal:

„Rautex Pharma geht mit Hexothal in die Arztpraxen. Der Pharmareferent Walther König koordiniert mit neurologischen Praxen eine Erprobungsstudie. Die Patienten müssen der Anwendung von Hexothal zustimmen."

Sie entdeckt einen weiteren Artikel: „Die Zulassung von Hexothal ist in Sicht. Am kommenden Samstag wird die offizielle Zulassung erfolgen. Mit einem Tag der offenen Tür wird Rautex Pharma die Zulassung gebührend feiern. Der Pharmareferent Walther König wird für sein Engagement während der Erprobungsphase vom Unternehmen geehrt werden."

„Walther König, ich werde dich am Samstag, am Tag der offiziellen Zulassung, besuchen. Mal sehen was Du mir über Hexothal erzählst," spricht Tinasoa vor sich hin.

Mittlerweile ist es Mitternacht. Tinasoas Kopf ist prall gefüllt. Die Bilder mit den Kopfverletzungen vom Toten lassen sie nicht in Ruhe. Am Hinterkopf hat Blut die Haare verschmiert. Eine Schwellung ist zu erkennen. Vielleicht hat der Professor sich gestoßen, ist irgendwo gegen gelaufen. Die Wunde hat geblutet. Sie ist nicht die Todesursache, laut dem Rechtsmediziner Eisenhuth. Die zweite Wunde ist um einiges größer, vermutlich ein Schlag. In der Wunde ist ein Muster erkennbar.

„Was könnte das sein?" fragt sie sich.

Wie gut, dass es die Rechtsmedizin gibt. Tinasoa fühlt sich überfordert. Außerdem ist sie müde. Sie muss dringend schlafen. Sie räumt die Fotos weg und legt sich ins Bett. Schnell ist sie eingeschlafen. Es wird eine unruhige Nacht. Der tote Professor spukt in ihrem Kopf herum.

Zweite Befragung Tinasoa

Tinasoa wacht nach einer unruhigen Nacht um 6:00 Uhr auf. Wie gewohnt schlüpft sie in ihren Jogginganzug und dreht ihre Runde durch den Wersepark. Die Ereignisse des vergangenen Tages breiten sich in ihrem Kopf aus. Zu Hause angekommen, erfrischt sie sich mit einer kalten Dusche, trinkt einen Kaffee und genießt ihr geliebtes Körnercroissant. Es klingelt an der Haustür. Julie öffnet. Es ist Kommissar Wolkenstein. Er will Tinasoa befragen.
„Sie sind früh unterwegs."
„In einer Mordermittlung ist es wichtig schnell allen Spuren nachzugehen."
„Welche Spur führt Sie zu mir?"
„Ich habe gehört, von Hauenstein war von Ihnen angetan."
„Das hat sich schnell erledigt. Mir war nichts an ihm gelegen. Ich erzählte ihm, dass ich mich zu Frauen hingezogen fühle. Damit war das Thema durch und ich hatte meine Ruhe. Das Getuschel der weiblichen Angestellten legte sich schnell."
„Und stimmt das?"
„Nein, aber so hatte ich Ruhe vor ihm."
Der Ausdruck auf Wolkensteins Gesicht entspannt sich. Die Aussage, dass Tinasoa lesbisch sein könnte, hatte ihn heftig getroffen.
„Erzählen Sie mir bitte, was Sie in der Mordnacht gemacht haben."

„Ich habe für eine Klausur gelernt. Layout im Onlinejournalismus, die am kommenden Montag stattfindet. Ich bin dann schlafen gegangen und um 6 Uhr aufgestanden. Morgens laufe ich fast täglich eine Runde durch den Wersepark. Wie üblich habe ich am Freitag Herrn Buschhoff, meinen Nachbarn und seinen Dackel Günther getroffen. Auf dem Heimweg halte ich an der Bäckerei Krambacher. Meine Mitbewohnerin Julie arbeitet dort. Sie hat Ihnen die Tür geöffnet. Sie hatte am Freitag Frühschicht, mich bedient und mir ein Croissant verkauft. Zuhause habe ich geduscht und gefrühstückt. Pünktlich um 7 Uhr betrat ich das Praxisgebäude. Die Glocken von Sankt Bernhardt können das bestätigen. Den Rest kennen Sie. Soll ich weitererzählen?"

„Nein danke, das reicht vorerst. Allerdings würde ich mir von Ihnen die Geschehnisse in der Praxis nochmals vor Ort schildern lassen. Passt es Ihnen um 12 Uhr?"

„Ja, das geht."

„Okay. Dann sehen wir uns um 12 Uhr in der Praxis."

„Ich versuche pünktlich zu sein."

Auf dem Weg zur Haustür befragt Wolkenstein Julie. Sie bestätigt ihm, dass Tinasoa Donnerstgnacht zu Hause war und am Morgen wie üblich bei ihr in der Bäckerei ein Croissant gekauft hat.

Befragung Doro und Igo

Es ist Samstagmorgen, 9 Uhr, als es an der Wohnungstür klingelt. Doro sitzt gerade mit Igo am Frühstückstisch im Wohnzimmer. Normalerweise liebt sie diese Samstagmorgende, da Igo erst nachmittags ins Fitnessstudio muss. So hat sie ihn ganz für sich. Heute allerdings ist alles anders. Sie fühlt sich gar nicht wohl, hat die ganze Nacht kaum geschlafen. Die gestrigen Ereignisse haben ihr doch mehr zugesetzt, als sie sich eingestehen mag. Das zweite energischere Klingeln reißt sie aus ihren Gedanken.

„Fuck, wer stört?" murmelt Igo. „Bleib sitzen Schatz, ich guck nach."

Er geht zur Tür und betätigt den Öffner. Doro hört wie jemand die Treppe hinauf hastet, anstatt auf den Fahrstuhl zu warten.

Da sie und ihr Freund im zweiten Stock wohnen, steht Wolkenstein schnell in der Tür.

„Schön, dass ich Sie beide hier antreffe. Ich darf doch?"

Damit drängt er sich an Igo vorbei ins Wohnzimmer.

„Lassen Sie sich nicht stören, Frau Hauser-Kling, ich habe nur ein paar kurze Fragen, möchte aber Herrn Mückenschlag bitten, den Raum zunächst zu verlassen."

Doro ist perplex und ärgerlich zugleich.

„Was bildet dieser Affe sich ein?" denkt sie.

„Ich habe doch gestern schon alles gesagt," entgegnet sie

scharf.

„Ja das stimmt, aber ich möchte gerne überprüfen, ob Sie bei Ihrer Aussage bleiben."

„Ich lüge nicht. Das Schwein hat mich erpresst und verlangt, dass ich seine abartigen Wünsche erfülle. Ja und… da habe ich ihn weggestoßen. Das habe ich Ihnen doch gestern schon erzählt. Und außerdem ist er nicht an dem Sturz gestorben, wie Sie gesagt haben. Womit und wann ist er denn erschlagen worden?"

„Das dürfte ich Ihnen eigentlich nicht sagen, aber nun gut. Es muss der große und schwere Pokal gewesen sein, der auf dem Sideboard im Behandlungszimmer stand. Die anderen Mitarbeiterinnen und auch Dr. Jansen können sich daran erinnern. Der Pokal ist jetzt spurlos verschwunden. Sonst könnte man ihn in der KTU untersuchen lassen. Können Sie sich daran erinnern, ob der Pokal am Donnerstag noch dort stand?"

„Ach, Sie meinen dieses große protzige angeberische Ding? Fridolin war mächtig stolz darauf, hat ihn einmal in der Woche selber poliert. Dabei hatte er doch diese junge Studentin als Putzfrau. Ja, als er am Donnerstag wieder anfing mich zu begrabschen, habe ich den Pokal noch gesehen. Ich habe sogar, bevor Fridolin fiel, eine Sekunde daran gedacht ihm den Pokal gegen den Kopf zu werfen, hatte aber keine Hand frei und außerdem war der Pokal sehr schwer und ich hätte schlecht gezielt. Sie sehen also Herr Kommissar, ich war es nicht."

„Das beweist noch gar nichts Frau Hauser-Kling. Sie könnten im Nachhinein, als er schon am Boden lag, mit der schweren Trophäe auf ihn eingeschlagen haben."

„Ich schwöre, bei allem was mir heilig ist, ich war es wirklich nicht! Als er bewusstlos vor mir auf dem Boden lag, bewegte er sich nicht mehr. Ich dachte schon, er wäre tot und bin kopflos aus der Praxis gerannt, weil ich glaubte, ich hätte ihn umgebracht."

„Haben Sie Ihrem Freund davon erzählt?"

„Ja klar, ich war völlig fertig."

„Wie hat denn Ihr Lebensgefährte darauf reagiert?"

„Na wie schon? Er hat mich getröstet."

„Und dann," bohrt Wolkenstein nach, „ ist er den ganzen Abend und die Nacht bei Ihnen geblieben?".

„Schon. Ach ne. Mir fällt ein, er hat noch lange telefoniert und ist dann weggefahren."

„Danke, das war's erst einmal. Falls Ihnen noch etwas einfällt, können Sie mich gerne anrufen."

Wolkenstein drückt ihr eine kleine Visitenkarte in die Hand.

„Ach übrigens haben wir Ihre Kette wiedergefunden, die bei dem Gerangel verloren gegangen war."

Wolkenstein blickt sich in dem geschmackvoll eingerichteten Wohnzimmer um.

„Schön haben Sie es hier, skandinavische Ästhetik. Jetzt würde ich gerne Ihren Freund unter vier Augen befragen."

„Ok, ich ruf ihn."

Befragung Igo

„Igo, Schatz kommst du? Der Herr Kommissar ist fertig mit mir und möchte dich unter vier Augen sprechen. Aber erzähl nicht gleich, dass du Fridolin erschlagen hast."

Sie lächelt über ihren eigenen Scherz, zwinkert Wolkenstein verschwörerisch zu, verschwindet in der Küche und schiebt Igo Richtung Wohnzimmer.

„Tachchen denn auch, wat soll ich denn erzählen. Aber schnell. Ich muss gleich ins Hantelfit."

Er hofft inständig, dass Wolkenstein bald wieder geht und er vor seinem Job noch ein paar vergnügliche Minuten mit Doro verbringen kann.

Bevor Wolkenstein die erste Frage stellt, steht er auf und schließt die Wohnzimmertür. Er möchte auf keinen Fall, dass Doro mithört oder die beiden sich absprechen. Er schaut Igo an, der sich breitbeinig in den Sessel gefläzt hat.

„Stark genug und muskulös ist er ja," denkt Wolkenstein.

„Es wäre ein Leichtes für ihn, den Pokal anzuheben und kräftig zuzuschlagen."

„Wo waren Sie, Herr Mückenschlag, am Donnerstagabend beziehungsweise in der Mordnacht? Ihre Freundin hat Ihnen doch bestimmt erzählt, dass sie wieder von Ihrem Chef belästigt wurde und ihn gestoßen hat."

„Ja, das hat sie," brummt Igo.

„Lauter bitte, ich verstehe Sie nicht," mahnt Wolkenstein.

„Ja, zum Teufel, dieses Schwein hat sie ständig begrabscht," ereifert sich Igo.

„Ich habe sie getröstet, was denn sonst. Wir haben etwas Wein getrunken."

„Was war dann, sind Sie beide zu Hause geblieben?" Wolkenstein lässt keine Ruhe.

„Na ja, ich hab dann noch telefoniert."

„Wen haben Sie angerufen? Wann und wie lange war das Gespräch? Denken Sie daran, wir können alles anhand Ihrer Telefonliste überprüfen. Wenn Sie nicht antworten, können wir Sie auch ins Präsidium vorladen."

„Was Sie nicht alles können, warum fragen Sie dann soviel?"

„Glauben Sie mir, es ist für beide Seiten und auch für ihr Alibi besser, wenn Sie wahrheitsgemäß antworten."

„Verdammt, ich habe meinen Sohn Alex angerufen um mich auszuquatschen."

„Worüber haben Sie gesprochen und was haben Sie danach gemacht?"

„Mein Gott, wir haben über Doro gesprochen und wie sie den geilen Kerl zu Fall gebracht hat, zufrieden?"

„Nein, noch nicht. Haben Sie sich noch mit Ihrem Sohn getroffen?"

„Ja, ich bin zu ihm."

„Und dann sind Sie beide noch zur Praxis gefahren, haben den bewusstlosen Arzt gefunden und ihm noch eins drüber gegeben, war es nicht so?"

„Nein es war nicht so, fragen Sie Alex, ich habe ihm alles erzählt."

„Dann sagen Sie mir, wie es war Herr Mückenschlag."

„Also gut. Wir sind zur Praxis gefahren, aber Alex ist im Auto geblieben. Der hat damit nichts zu tun. Ich wollte doch nur schauen, ob der alte Mistkerl noch lebt und meine Doro ihn doch nicht ins Jenseits befördert hat."

„Und lebte er noch und haben Sie ihn ins Jenseits befördert?"

„Nein, natürlich nicht. Ich habe nur am Hals seinen Puls gefühlt. Er lebte noch."

„Angenommen, Ihre Geschichte stimmt, warum haben Sie dann keinen Rettungswagen gerufen? Das war unterlassene Hilfeleistung."

„Schon klar, aber das war mir in dem Augenblick völlig egal. Der Scheißkerl hat es nicht anders verdient. Doro und ich sind keine Mörder. Sonst noch Fragen?"

„Im Augenblick nicht. Vergessen Sie nicht, was Ihre Freundin alles auf sich genommen hat, damit Sie weiter Ihren Muskelaufbau betreiben können. Damit ist jetzt sowieso Schluss. Das Fälschen der Rezepte zur illegalen Beschaffung rezeptpflichtiger Medikamente wird natürlich zur Anzeige gebracht. Einen schönen Tag noch!"

Damit lässt er den verdutzten Igo stehen und verschwindet so schnell wie er gekommen war.

Tinasoa und Wolkenstein in der Praxis

Tinasoa kommt pünktlich um 12 Uhr an der Praxis an. Sie läutet. Das Polizeisiegel ist beschädigt, trotzdem traut sie sich nicht hinein. Kommissar Wolkenstein öffnet.
„Muss ich meinen Schlüssel abgeben?"
„Das ist nicht nötig. Sie dürfen das Polizeisiegel nicht brechen. Wenn wir die Praxis verlassen, verschließe ich die Tür mit einem neuen Polizeisiegel. Es wird noch einige Tage dauern bis der Praxisbetrieb fortgesetzt werden kann."
„Was wollen sie eigentlich von mir?"
„Ich möchte, dass Sie nochmals den Morgen in Gedanken durchgehen und versuchen sich an jede Kleinigkeit zu erinnern. Vielleicht fällt Ihnen etwas ein, das zur Klärung des Falls beitragen kann. Rekonstruieren Sie gedanklich den Ablauf bis zum Leichenfund."
„Als ich vor der Haustür eintraf und mein Fahrrad abschloss, sah ich einen kleinen roten Wagen auf der anderen Straßenseite wegfahren. Ich kannte weder das Auto noch die Fahrerin."
„Wissen sie den Autotyp?"
„Leider nein. Vielleicht ein Fiat, ein Polo oder ein Citroen. Das Kennzeichen war MS – SB. An die Ziffern kann ich mich nicht erinnern."

Tinasoa macht alles das, was sie am Freitagmorgen auch getan hat. Sie beschreibt dem Kommissar erneut, was sie erlebt hat.

„Die Haustür war nicht abgeschlossen und die Praxistür stand offen. Ich bin hineingegangen und habe laut gerufen. Niemand hat geantwortet. Vielleicht war der Letzte, der die Praxis verlassen hat in Eile oder sogar der Mörder. Ich begann mit meiner Arbeit, reinigte die Räume von Dr. Jansen und Frau Fröhlich. Dann wollte ich beim Professor weitermachen. Seine Räume waren unverschlossen, was ich noch nie erlebt habe. Ich trat ein und sah den Professor am Boden in einer Blutlache. Ich fühlte seinen Puls und rief die 110 an. Den Rest kennen Sie."

Als sie in Prof. von Hauensteins Zimmer ankommen, fallen ihr 2 Sachen ein.

„Auf dem Vitrinenschrank fehlt ein Pokal. Er war, glaube ich, größer als die beiden anderen. Ich bin mir sicher, dass er am Donnerstag dort stand.

Auf den Fotos vom Tatort habe ich eine Kette entdeckt. Sie gehört Doro. Ich weiß das. Sie hat sie mir voller Stolz gezeigt. Ihr Freund Igo hat sie ihr geschenkt."

„Wissen sie etwas über die Hexothal Tabletten?"

„Sie waren immer unter Verschluss. Dr. Jansen hat ebenfalls einen ähnlichen Schrank mit Hexothal. Dieser Schrank ist auch unter Verschluss."

„Sie haben mir sehr geholfen. Ich danke ihnen."

„Sie wollten mich an der Aufklärung teilhaben lassen. Können Sie sich erinnern?"

„Ich sagte, ich wollte darüber nachdenken. Was halten Sie davon, wenn Sie mich erneut zu Frau von Hauenstein begleiten?"

„Gerne."

„Dann treffen wir uns 15 Uhr vor der Praxis."

„Kann ich jetzt also gehen?"

„Ja."

„Bis um 15 Uhr."

Befragung Dr. Jansen

Als Wolkenstein die Praxis verlässt fängt es gerade heftig an zu regnen. Was soll man auch von so einem ‚Wonnemonat' halten? Wolkenstein hat diesen Mai bislang fast ausschließlich im Haus oder Auto verbracht und es ist ihm schleierhaft, wie sich die Leute bloß immer so mit dem Wetter beschäftigen, während er nur registriert, wenn es außergewöhnlich nass oder extrem heiß ist.

Vor seinem inneren Auge taucht auf einer Art Liste als nächstes dieser Dr. Jansen auf, der Psychiater in der Praxis Hauenstein.
„Dr. med. Jens Jansen. Bestimmt ein Däne oder Schwede bei solch einem Namen, wie Gustav Gustavson" denkt sich Wolkenstein, während das Wetter sich zu einem ausgewachsenen Starkregen entwickelt. Kurz überlegt er, ob er diesen Doktor ins Präsidium bestellen soll. Aber dann würde es natürlich wieder zu viel Zeit in Anspruch nehmen, bis die Vernehmung durchgeführt werden könnte. Also beschließt Wolkenstein, so durchnässt wie er ist, direkt zu Jansens Haus zu fahren. Er reißt eine Einkaufstüte, die auf der Rückbank liegt in der Mitte durch und legt sie auf den Fahrersitz. Mit so viel Aquaplaning in so kurzer Zeit hätte Wolkenstein nie gerechnet, als er gerade auf der Umgehungsstraße durch die tiefste Pfütze seines Lebens prescht. Er gibt extra viel Gas, weil er gehört

hat, dass der Motor ‚absäuft', wenn Wasser in den Auspuff gerät.

An eine differenzierte Vorbereitung des Zusammentreffens mit dem Doktor ist heute einfach nicht zu denken. Angekommen, rennt er durch weitere tiefe Pfützen zum doch eher einfachen Einfamilienhaus des Arztes. Im Film wäre das jetzt wohl ein weißer Bauhaus-Klotz hinter hoher Mauer, hier handelt es sich eher um das gutbürgerliche freistehende Haus im typisch westfälischen Backsteinstil. Eine sehr reduzierte Vorgartengestaltung rundet das Bild ab; außer grauem Kies und einem zur Kugel beschnittenen Buchsbaum, der kläglich hinter einer verrosteten Beet-Einfassung herlugt lässt sich nichts Lebendes erkennen. Fast synchron zum Klingeln öffnet Jansen die Haustür.

„Wolkenstein. Ich bin der ermittelnde Kommissar im Mordfall ihres Kollegen. Herr Jens Jansen?".

„Dr. Jansen, ich bin erfreut. Kommen Sie gerne herein, ich habe schon mit Ihnen gerechnet. Bin ich etwa der Letzte in Ihrer Verhörpriorität?"

„Da muss ich allerdings richtigstellen, dass es sich eher um eine Befragung als ein Verhör handelt. Wir müssen uns schnellstmöglich ein umfängliches Bild von der Situation machen. Heute möchte ich mir vor allem erst einen persönlichen Eindruck von den beteiligten Personen verschaffen. Weitere intensivere Befragungen werden sich sicherlich später anschließen."

Dr. Jansen nimmt eine fast schon militärische Haltung an und bittet Wolkenstein in das Wohnzimmer seines Hauses.

„Herr Dr. Jansen," sagt Wolkenstein in einem jetzt auch eher bestimmenden Tonfall, „wie Sie sich denken können interessiert mich natürlich vor allem, wie Ihre Beziehung zu dem Ermordeten war. Damit meine ich nicht nur im beruflichen Kontext. Ich möchte vielmehr erst einmal wissen, wie sie klar kamen miteinander, ganz allgemein."

Dr. Jansen überlegt und kann diese klare Fragestellung anscheinend nicht sofort zuordnen, fast schon als müsse er sich über sein Verhältnis zu von Hauenstein erst in diesem Augenblick klarwerden. Andererseits erkennt Wolkenstein auch Unsicherheit und Unwohlsein in Dr. Jansens Verhalten. Irgendetwas belastet den Kollegen des Opfers.

„Ja wie, soll ich das sagen? Das ist ein ganz normales Betriebsklima bei uns. Persönlich haben wir alle außer einem jährlichen Betriebsausflug und dem Weihnachtsessen eigentlich nicht viel miteinander zu tun. Das kann bei den Mädchen natürlich anders sein, aber davon bekommen wir Ärzte nichts mit."

Wolkenstein muss angestrengt verhindern, beim Ausdruck „Mädchen" nicht genervt die Augen zu verdrehen. Manchmal reichen einfach schon wenige Worte, damit Wolkensteins Menschenkenntnis sofort zu einem klaren Urteil gelangt. Er sei zu voreingenommen, heißt es deshalb auch des öfteren, was er jedoch nicht akzeptiert, da er fast immer richtig liegt. Es hat nichts mit Sympathie oder Abneigung zu tun. Es sind Momente, die sich in den letzten Jahrzehnten einfach wiederholen, ja sogar häufen, wie ein manchmal wiederkehrendes Déjà-vu.

„Gab es Spannungen?" fragt Wolkenstein.
„Wie meinen Sie das?" will Jansen wissen.
„Korrigieren Sie mich, aber alleiniger Eigentümer der Praxis war doch der Professor, wenn mich nicht alles täuscht?"
Wolkenstein sieht, wie sich der Gesichtsausdruck von Dr. Jansen langsam deutlich verfinstert. Etwas hat ihm an dieser Frage scheinbar deutlich missfallen. Er setzt sich an den Esstisch und kneift die Augen zusammen.
„Wissen Sie was, Herr Kommissar, in solchen Hierarchien haben wir beide nicht gedacht."
„Wieso sie beide, da ist doch noch die Dritte im Bunde, Frau Fröhlich, wenn ich richtig informiert bin," stutzt Wolkenstein.
„Ach, diese Therapeutin braucht man einfach in so einer Praxis wie unserer. Schon allein, damit die Patienten nicht meinen, bei uns gäbe es ja nur „diese Psychopharmaka". Sie spricht mit den Patienten und zeigt ihnen damit auch vor allem Wertschätzung, aber wirklich behandelt werden sie natürlich von Hauenstein und mir."
Wolkenstein verschlägt es die Sprache. Es ist schon wieder

der erste Eindruck, der ihn nicht getäuscht hat. Er fühlt in seinem Rachen leichten Ekel aufsteigen. Irgendwann wird der aus ihm herausbrechen, und er wird sich nicht mehr unter Kontrolle halten können. Davon ist er nicht mehr weit entfernt.

„Trotzdem waren auch Sie und der Professor nicht ebenbürtig und Sie waren dabei ja wohl eher die zweite Wahl. Ansonsten wären Sie doch bestimmt schon längst Teilhaber!"
Jetzt schnappt Jansen fast nach Luft, seine Gesichtsfarbe wird noch dunkler und es scheint, als schlucke er etwas sehr Großes hinunter.

„Ach wissen Sie was, Herr Wolkenstein, das bringt mich jetzt nicht aus der Fassung, wie Sie es vielleicht geplant haben. Fridolin und ich sind schon seit geraumer Zeit in der Planung meiner Praxisbeteiligung. Er hatte einfach zu wenig Zeit für Forschung und Wissenschaft und ihm war klar, dass alles Betriebswirtschaftliche viel besser bei mir aufgehoben ist. Ich habe ihm oft angeboten, den Rücken freizuhalten, damit er sich nicht mit diesen Alltags-Lappalien herumschlagen muss. Zuletzt kam es zu Missverständnissen, die bei unserer Belegschaft wohl zu Spekulationen geführt haben. Das werden Sie bestimmt noch brühwarm von den Mädchen berichtet bekommen. Es ist also ein Zeichen meiner Aufrichtigkeit, dass ich von selbst zur Aufklärung beitrage."

„Das sind jetzt aber doch einfach zu viele Widersprüche, die ich so nicht hinnehmen kann. Daher werden wir beide un-

sere Unterhaltung zu einem späteren Zeitpunkt bei mir im Präsidium fortführen und Sie haben bis dahin Zeit, mir eine plausible Erklärung zu dieser diffusen Beziehung abzuliefern. Auch wenn morgen Sonntag ist, möchte ich Sie doch bitten, gegen 13 Uhr bei mir zu sein. Hier ist meine Karte. Und damit wir nicht noch mehr Zeit verlieren, bitte pünktlich!"
Damit dreht sich Wolkenstein auf dem Absatz um und verlässt das Haus. Innerlich verspürt er wieder dieses Gefühl, eine Art Würgen, das er nicht mehr zulassen will. Menschenkenntnis schützt eben nicht vor Ekel.

Zweite Befragung von Frau von Hauenstein

Tinasoa ist unpünktlich. Kommissar Wolkenstein wartet bereits.

„Entschuldigung, aber mein Professor fand kein Ende."

Sie schließt ihr Fahrrad ab und nimmt in Wolkensteins 1502 Platz.

Diesmal schaut sich Tinasoa das Auto genauer an.

„Sie fahren ein prachtvolles Auto. Ist es schwierig es zu pflegen?"

„Normal schon. Ich mache vieles selbst. Ein guter Freund von mir hat eine Kfz-Werkstatt und kann günstig Ersatzteile für mich besorgen."

„Warum fahren wir zu Frau von Hauenstein?"

„Der Schlüssel für den Schreibtisch in Professor von Hauensteins Arbeitszimmer fehlte. Er war an seinem Schlüsselbund in der Praxis."

Frau von Hauenstein erwartet sie bereits. Kommissar Wolkenstein hatte sich telefonisch bei ihr angekündigt.

„Guten Tag Kommissar Wolkenstein. Wie nett, Tinasoa begleitet Sie wieder."

„Guten Tag Frau von Hauenstein. Ich hoffe, es geht Ihnen gut. Falls Sie es wünschen, kann ich den psychologischen Dienst einschalten."

„Das ist gut gemeint, aber ich komme zurecht. Was ist der Grund Ihres Besuchs?"

„Wir haben den Schlüssel vom Schreibtisch Ihres Mannes mit und möchten uns diesen ansehen."

„Tinasoa bringen Sie bitte den Kommissar ins Arbeitszimmer. In der Zwischenzeit koche ich uns einen Kaffee. Oder lieber einen Tee?"

„Gerne einen Kaffee," antworten beide gleichzeitig und verschwinden im Arbeitszimmer.

In dem Arbeitszimmer gibt es Pokale, die von Hauenstein mit seinem Speckbrettverein gewonnen hat.

„Hier sind Pokale, aber der große aus der Praxis ist nicht dabei."

„Sind Sie sicher?"

„Ganz sicher. Ich würde ihn sofort wiedererkennen. Sehen Sie. Da hängt ein Bild von der Übergabe an den Professor. Die kleinen Pokale sind alle glatt. Nur der große hat Linien, obwohl Speckbretter Löcher haben. In der Kopfwunde des Professors sind ebenfalls Linien zu sehen."

„Woher wissen Sie das?"

„Ich habe die Kopfwunde gesehen."

„Woher wissen Sie von der Kopfwunde?"

„Ich habe gestern Abend ein Foto der Kopfwunde studiert und dabei fiel mir das auf."

„Wie um Himmels willen kommen Sie an ein Foto der Kopfwunde?"

„Na ja. Ich hatte noch Zeit bis die Polizei eintraf und habe in der Zwischenzeit den Praxisraum vom Professor fotografiert."

„Darüber reden wir noch. Jetzt ist der Schreibtisch dran."

Endlich. Der dritte Schlüssel passt. Der Professor muss Ordnung geliebt haben. Auf der linken Seite des Schreibtisches sind Kontoauszüge von seinen Privatkonten und Finanzamt-Unterlagen sortiert abgelegt. Das macht die Sichtung der Daten relativ einfach. Die Banksalden weisen nur positive Zahlen auf. Oft erscheinen 4- oder 5-stellige Zahlungseingänge von einer Firma Rautex Pharma. Als Verwendungstext ist „Provision" angegeben.

„Sagt Ihnen Rautex Pharma etwas?"

„Das ist der Hersteller der Psychopharmaka, die im Praxiszimmer vom Professor unter Verschluss waren, beziehungsweise sind – Hexothal oder so ähnlich."

„Woher wissen Sie das?"

„Das Medikament habe ich auf meinen Fotos erkannt. Ich habe gestern Abend im Internet recherchiert, so wie Sie es mir beigebracht haben."

„Dann waren Sie einiges schneller als ich."

Die Zahlungsausgänge des Professors waren durchschnittlich. Er hat nicht mehr Geld ausgegeben als er eingenommen hat – im Gegenteil. Sein Konto steht mit 72.345,60 Euro im Plus.

Die rechte Seite des Schreibtisches enthält Korrespondenz,

eine Lade mit privatem Schreibverkehr und 2 Laden mit Geschäftsunterlagen – wieder taucht die Firma Rautex Pharma auf.

Wolkenstein verschließt den Schreibtisch. Er fordert Kollegen an, die die Schreibtischunterlagen abholen sollen.

Tinasoa fotografiert in der Zwischenzeit alle Pokalbilder.

Frau von Hauenstein erwartet beide im Esszimmer mit frischem Kaffee.

„Ihr Mann war leidenschaftlicher Speckbrettspieler?"

„Das ist richtig Herr Kommissar. In seiner Freizeit traf er sich ständig mit seinen Freunden vom Speckbrettverein Werseglück e.V. Er hat, wie Sie gesehen haben, eine Menge Pokale gewonnen. Über meinen Vater, der ein kleines Unternehmen namens *Tennisbrettprofi* hat, knüpfte er schnell Kontakte in der privaten Speckbrettwelt und wurde Mitglied beim Werseglück e.V."

„Frau von Hauenstein, können Sie mir was zum Pokal sagen, den ihr Mann im vergangenen Jahr gewonnen hat. Ein Foto hängt an der Wand im Arbeitszimmer."

„Ach, den meinen Sie. Sein ganzer Stolz – Sieger letztes Jahr im Herreneinzel. Den Pokal hat er in die Praxis mitgenommen. Dort gab es mehr Menschen, die ihn sehen konnten."

„Frau von Hauenstein, Sie haben gestern gesagt, dass Sie die Nacht durchgeschlafen haben. Die Auswertung ihrer Telefondaten hat ergeben, dass ihr Mann Sie um 22 Uhr angerufen hat."

„Entschuldigung, diese Schlaftabletten bringen mich immer ganz Durcheinander. Fridolin rief mich an und sprach auf den Anrufbeantworter, dass es ihm nicht gut geht. Ich stand auf. Verschlafen wie ich war, fuhr ich zur Praxis. Sein Auto war nicht zu sehen. Die Haustür war nicht verschlossen. Die Praxistür war zu. Es brannte kein Licht. Auf mein Klingeln und Klopfen antwortete keiner. Ich rief sein Handy an. Es meldete sich nur die Mailbox. Schließlich fuhr ich wieder nach Hause."

„Besitzen Sie keinen Praxisschlüssel?"

„Doch natürlich. Ich habe ihn vergessen."

„Sie sagten, das Auto ihres Mannes stand nicht vor der Praxis. Wo kann es sein?"

„Normalerweise stellt er es im Eingangsbereich der Praxis ab. Dort habe ich es nicht gesehen."

„Was für ein Auto fährt ihr Mann?"

„Einen Mercedes-Benz 190 SL schwarz – ein Oldtimer – ein richtiger Hingucker."

„Ich rufe im Büro an und lass es zur Fahndung ausschreiben. Im Moment scheint das alles gewesen zu sein. Herzlichen Dank für den Kaffee. Gleich kommen zwei Kollegen vorbei, die die Unterlagen aus dem Schreibtisch ihres Mannes abholen."

Sie verabschiedeten sich von Frau von Hauenstein.

Draußen warten sie noch bis die Kollegen eintreffen. Sie übergeben den Schreibtischschlüssel und fahren zurück zur Praxis.

Wolkenstein nutzt die Fahrzeit um Tinasoa auf ihre ‚Alleingänge' anzusprechen.

„Tinasoa, Sie haben in meinem Recherche-Seminar gelernt, dass es Grenzen für den Journalismus gibt. Es ist nicht gestattet Bilder vom Tatort oder den damit in Verbindung stehenden Räumen oder Personen zu machen. Geschweige denn, wenn Sie auf eigene Faust ermitteln, dass Sie sich in Gefahr bringen."

„Ich habe gelernt, wenn man nicht ständig am Ball bleibt, gehört man nicht zu den guten Ermittlern."

„Ich bitte Sie vorsichtig zu sein. Es geht um Mord! Nicht um Handtaschendiebstahl. Versprechen Sie mir, mich zu informieren, wenn Sie in neuen Ermittlungen aktiv werden. Versprochen?"

„Es gibt keine neuen Spuren."

„Vorsicht. Versprochen?"

„Ich werde es versuchen."

Sie erreichen die Praxis. Tinasoa radelt nach Hause. Wolkenstein verschwindet in der Praxis.

Dr. Jansens Telefonat mit seiner Ex

Es ist 18:30 Uhr. Das Telefon klingelt. Jansen hat es sich gerade auf seinem Sofa bequem gemacht und überlegt, ob er nicht später noch Richtung Dortmund zur Hohensyburg fahren soll. „Überlegen" ist eigentlich noch untertrieben, er ist fest entschlossen. Heute ist sein Tag! Er spürt ein leichtes Kribbeln, gepaart mit einer schadensfrohen Vorfreude. Der Abend ist noch jung und er wird es allen zeigen, er der renommierte Psychiater und begnadete Spieler. Es kommt nur auf den richtigen Zeitpunkt an. Genau dann wird er viel Geld auf eine Zahl setzen und ein Vielfaches wieder hereinholen. Genervt steht er auf und geht zum Telefon. Seine Euphorie verfliegt sofort, als er auf das Display blickt. Natürlich Beate, wieder typisch für sie, dass sie übers Festnetz anruft. Dabei fällt ihm ein, dass sie noch gar nicht seine neue Handynummer hat.

„Jens, ist das für mich?" tönt es von oben.

„Ich hatte mich gerade etwas hingelegt."

„Nein Vater, für mich", brummt Jansen. Sein Vater war einige Tage zu Besuch.

„Junge, ich versteh dich nicht, wer ist es denn?"

„Es ist nur Beate, lass gut sein," brüllt er zurück und hebt genervt den Hörer ab.

„Was willst du?"

„Ich wollte dich darüber informieren, dass ich heute mit der

Polizei gesprochen habe. Übrigens ein sehr Netter, dieser Herr Wolkenstein."

„Du hast was?"

„Sag mal, bist du taub? Ich habe der Polizei alles erzählt."

„Mein Gott, die wissen doch, dass wir getrennt leben. Was willst du?"

„Dir nur sagen, dass die Polizei jetzt auch weiß, dass du spielsüchtig bist."

Jansen hat Mühe sich zu beherrschen.

„Hör mir mal gut zu, meine Liebe, das geht die Polizei einen Scheißdreck an, ob ich Schulden habe oder warum wir getrennt leben."

„Och, das tut mir aber leid. Da habe ich mich wohl verplappert," entgegnet Beate süffisant.

„Ich wollte dem netten Herrn Kommissar nur die Wahrheit erzählen."

Jansen merkt, wie er immer ärgerlicher auf seine Exfrau wird. Seine Zornesader schwillt bedenklich an. Am liebsten würde er sie jetzt durchs Telefon ziehen und ihr links und rechts eine verpassen. Er hat sich nur mühsam im Griff, damit er nicht vor Wut den Hörer einfach auf den Boden knallt.

„Du alte Petze weißt genau, dass das nicht stimmt. Gut, ich habe als Vorschuss das Geld von Marcs Sparbuch genommen, aber das hätte ich locker wieder zurückgezahlt. Den Unterhalt bekommst Du immer pünktlich. Also lass mich in Ruhe!"

„Mein Gott, jetzt reg Dich nicht so auf, Jens. Ich halte Dich

für spielsüchtig. Unsere Ehe ist daran zerbrochen. Das habe ich erzählt. Was die Polizei daraus macht, ist ihre Sache."
„Ihre Sache, ihre Sache," äfft Jansen Beate nach.
„Du hast denen ein erstklassiges Motiv für den Mord an Hauenstein geliefert. Schönen Dank auch!"
Er legt auf. Die Lust auf den ersehnten Spieleabend ist ihm gründlich vergangen. Es ist wohl doch nicht sein Tag!

Tinasoa bei Rautex Pharma

Walther König läuft noch immer erhobenen Hauptes und mit geschwollener Brust über die Flure von RAUTEX Pharma, als Letzter im Gebäude, spät um halb 10 abends. Die Nachtbeleuchtung taucht die langen Korridore in blau schimmerndes Licht. Er ist im Inneren des Mutterschiffs RAUTEX Pharma, was er noch aus ganz anderen Zeiten kennt. All die Unsicherheiten und Zweifel sind heute verflogen. Er fühlt Stolz und Bestätigung. Das würde man ihm nicht mehr nehmen können. So muss es sich für depressive Patienten anfühlen, wenn bei ihnen nach langen finsteren Episoden das erste Mal sein Hexothal anfängt zu wirken. Mit seinem Wirkstoff Hexothamyd hatte er die Wissenschafts-Eliten im ganzen Land verblüfft und alle Studien versprachen ein unaufhaltsames Wachstum. Vergangen sind die ängstlichen Zeiten der Unsicherheit. Hinter diesen Durchbruch wird er nie wieder zurückfallen.

Sein Telefon schrillt. Er hat noch immer nicht diesen Magnum-Klingelton geändert, der ihn in letzter Zeit in Mark und Bein erschüttert. Er hört die Stimme einer vermutlich noch sehr jungen Frau, deren Name nicht zu verstehen ist. Tina Rampa, Ranta oder Rama, er ist irritiert. Auf dieser Nummer melden sich sonst nur sehr wenige, enge Kontakte, was hier definitiv nicht der Fall ist. Sie spricht ihn mit seinem Namen an und weiß auch, dass er sich im Moment in der Firma befindet. Sie sei schon auf dem

Weg zu ihm, er müsse nur den Pförtner über ihr Kommen in Kenntnis setzen. Noch bevor er etwas entgegnen kann, um zu erfahren, was denn so wichtig sei, antwortet sie ohne Umschweife:
„Ich weiß von von Hauenstein!"

Schon nach gefühlten zwei Minuten meldet sich der Pförtner, um ihm das Eintreffen einer jungen Dame in der Empfangshalle mitzuteilen. Walther König weiß nicht, ob er weiterhin seinen Erfolg so zur Schau tragen oder doch erst einmal abwarten sollte, was diese Frau von ihm will. Er entscheidet sich, den jovialen Unternehmer zu geben - aber zugewandt, aufgeweckt und zuvorkommend. Als er so mental vorbereitet in die Halle tritt, steht ihm eine ihm vollkommen unbekannte, aber bezaubernde junge Frau gegenüber, die jedoch keinerlei Anstalten macht ihn zu begrüßen, geschweige denn sich vorzustellen. Auf ein Händeschütteln verzichtet sie und übergibt stattdessen ihre Karte. „Tinasoa Rahanta, Freie Journalistin" steht darauf und eine Handy-Nummer, weiter nichts.
„Von welchem Medium kommen Sie denn, irgendetwas online-mäßiges?"
Tinasoa Rahanta ist schon froh, dass dieser Typ nicht auch als erstes nach ihrer Abstammung fragt, wie das sonst so häufig in solch einem Milieu für sie gang und gäbe ist.
„Wie Sie gesehen haben, bin ich freie Journalistin und vor einiger Zeit auf ihr Produkt gestoßen, das heute die Zulassung

erhalten hat."

„Oh, also hat es Ihnen geholfen, wie ich sehe."

Diese Feststellung stellt Walther König bewusst nicht als Frage.

„Glücklicherweise habe ich mich bis jetzt noch nicht in einem Zustand befunden, darauf angewiesen zu sein."

„Natürlich handelt es sich bei Hexothal nicht einfach um irgendein Produkt, das wir ab heute auf den Markt bringen können. Es ist vielmehr ein vollkommen revolutionärer medizinischer Fortschritt, den wir mit unserem neuen Wirkstoff vorantreiben. Sie werden noch viel dazu in der nächsten Zeit hören. Und es spricht sehr für Sie, dass Sie die Gunst der Stunde schon jetzt ergreifen, wo noch nicht so viele Pressekollegen von Ihnen diese Reichweite erkannt haben. Aber nun mal Tacheles: Was ist so wichtig, dass Sie mich spät abends noch hier aufsuchen müssen. Hat eine hübsche junge Frau wie Sie um diese Zeit denn nichts Spannenderes vor?"

Tinasoa Rahanta ist fast schon froh, dass sie sich schon damals in Madagaskar ein dickes Fell gegen solches Macho-Gehabe zulegen musste, obwohl sie sich nicht hätte vorstellen können, dass es in Mitteleuropa sogar noch schlimmer sein konnte.

„Professor Doktor Fridolin von Hauenstein," sagt sie nur sehr deutlich und in völlig neutralem Ton.

Als sie Walther König ansieht, zeigt sich keine Veränderung in seiner Mimik., die verraten würde, ob dieser Name etwas in ihm auslöst.

„Sagt mir nichts," ist seine fast schon zu prompte Antwort.

„Herr Professor Dr. von Hauenstein ist gestern in seiner Praxis, die er gemeinsam mit zwei weiteren Kollegen führt, tot aufgefunden worden. Wie bereits erwähnt, recherchiere ich im Umfeld ihrer Geschäfts-Aktivitäten und hatte in diesem Zusammenhang auch mit dem Todesopfer zu tun.

Dass der Mord genau zur Zeit der Zulassung von Hexothal an ihm begangen wird, kann mir niemand als Zufall verkaufen. Das Öffentlich-Werden ihrer gemeinsamen Zusammenarbeit hätte das Projekt zu Fall bringen können. Werden Sie mit Dr. von Hauenstein in Zusammenhang gebracht, haben sehr viele Menschen eine Menge unangenehme Fragen an Sie. Sie wussten also genau, was auf dem Spiel steht."

„So viel Blödsinn aus so einem hübschen Mund, was wollen Sie denn eigentlich von mir?"

Walther König war nun nicht mehr der Kontrolliert-Überhebliche. Er zwinkerte mit seinen Augen, und seine Stimme klang plötzlich etwas belegt. Er rang um Fassung.

Tinasoa Rahanta spürte überdeutlich ein Knistern in der Luft, als würde sich in diesen Sekunden die gesamte weitere Entwicklung entscheiden.

„Von Ihnen will ich, dass Sie sich bereit erklären, mit Menschen zu sprechen, die die Folgen ihres ‚epochalen Wunderpräperates' am eigenen Leib oder mit ihren Liebsten durchleben mussten. Die Menschen hinter ihren ‚Fällen', die ihre

Statistiken als volle Erfolge ausweisen. Dieselben, die seitdem durch die Hölle gehen."

„Das ist doch vollkommen hanebüchener Schwachsinn, komplett an den Haaren herbeigezogen. Wir müssen uns nicht hinter unseren ‚epochalen' Erfolgen verstecken, vor allem müssen wir keine Rechenschaft ablegen gegenüber einer über engagierten Afrikanerin, die sich lieber mal dafür einsetzen sollte, dass es vielleicht auch bald auf Ihrem Kontinent diesen hervorragenden medizinischen Fortschritt geben kann. Wir sind gerne bereit zu expandieren. Wenn Sie darüber berichten, sind Sie jederzeit wieder gern hier gesehen, aber jetzt bitte ich Sie freundlichst, sofort hier zu verschwinden und ihre Anspielungen gefälligst zu unterlassen. Sie werden ansonsten noch sehr viel ‚Recherchematerial' von unserer Rechtsabteilung bekommen. Damit wären Sie dann auch vollständig ausgelastet und hätten keine Zeit mehr für solche Phantasmen. Vielleicht brauchen Sie unser Hexothal ja doch nötiger, als Sie selbst glauben!"

Damit dreht sich Walther König auf den Hacken um 180 Grad und geht zielstrebig zum Treppenhaus, um dort den Aufzug zur Tiefgarage zu nehmen. Sein Gang erinnert ein wenig an den Stechschritt von Soldaten irgendwelcher Paramilitärs.

Direkt nach Schließen der Aufzugtüren zückt Walther König sein Handy und scrollt durch den Regionalteil seiner Online-Tageszeitung - nichts über Hauenstein.

Tinasoa Rahanta steht wie angewurzelt und bewegt sich kein bisschen. Kann es wirklich sein, dass sie hier vollkommen allein gelassen und nicht vor die Tür gesetzt wird. König scheint schon sehr angespannt zu sein, aber vermutlich wird er ja wohl von unterwegs telefonisch seinen Pförtner anweisen. Verstohlen schaut sie sich nach Kameras in der Lobby um, aber hier in der Ecke, in der sie König erst so gut gelaunt empfangen hat, kann sie beim besten Willen keine Überwachungskameras entdecken. Vorsichtig erkundet sie den Weg zum Treppenhaus. Sie scheint wirklich die Einzige hier zu sein. Jetzt erblickt sie am Aufzug die Hinweisschilder zu den einzelnen Etagen und den Büroräumen der leitenden Angestellten. Damit sie nicht Gefahr läuft, auf dem Weg zu den Tafeln vom Pförtner entdeckt zu werden, nimmt sie ihr Handy und fotografiert die Schilder mit Zoomeinstellung und ausgeschaltetem Blitz. Nachdem sie ihr Display verdunkelt, zieht sie das Foto groß und entdeckt trotz der starken Körnung den Namenszug von Walther König auf der 3. Etage, Zimmer 301.

Eng an die Wand gedrückt bewegt sich Tinasoa fast unsichtbar langsam Richtung Treppenhaus. Die Tür zum Treppenhaus lässt sie nicht aus den Händen, bis sie mit einem dumpfen leisen Geräusch ins Schloss fällt. Katzenartig erklimmt sie die Stufen bis zur 3. Etage und schaut durch das milchige Türglas ins Dunkel des unbeleuchteten Flures. Noch im Treppenhaus dimmt sie das Display ihres Smartphones bis auf das Minimum, um gleich im Flur nicht die Taschenlampenfunktion benutzen zu müssen. So geschmeidig wie im Treppenhaus schleicht Tinasoa nun mit äußerster Vorsicht den Flur entlang, der nur durch die Straßenbeleuchtung, die von außen durch die große Fensterfront am Ende des Ganges hineinscheint, in ein dumpf schimmerndes Licht getaucht ist, bis sie an die erste Bürotür kommt. Mit dem abgedimmten Displaylicht versucht sie mit zusammengekniffenen Augen die Ziffern auf dem Namensschild neben der Tür zu erkennen. Zur Kontrolle fährt sie mit ihrem Zeigefinger die Figuren nach und glaubt mit an Sicherheit grenzender Wahrscheinlichkeit die Ziffern drei, null, null zu erkennen. Dieser Büroraum scheint über eine sehr respektable Größe zu verfügen, denn den Flur weiter hinunter ist auf dieser Seite erst nach ca. 20 Metern eine nächste Tür zu erkennen. Tinasoa überlegt, ob sie vorher versuchen sollte, unbemerkt zur Bürotür auf der schräg gegenüberliegenden Seite zu gelangen. Wahrscheinlich ist es vollkommen unnötig, da weder die Lichtverhältnisse noch Kameras eine Gefahr darstellen, aber Tinasoa geht sicherheitshalber trotzdem in die Knie und versucht so geräuschlos wie möglich auf die andere Seite zu gelangen. Plötzlich fühlt sie, wie sich ihre Haare durch einen lauen Luftzug auf ihrem Kopf ganz leicht bewegen. In Sekundenbruchteilen danach ist auch schon zu hören, wie eine

Tür dumpf ins Schloss fällt.

„Das muss eine weiter entfernte Tür zum Treppenhaus sein", schnell schießt ihr Arm in die Höhe und drückt sacht eine leicht knirschende Türklinke hinab. Mit dem Knie übt sie leichten Druck aus und tatsächlich bewegt sich kaum spürbar die Tür nach innen. In einer gleichmäßigen, sachten Bewegung öffnet sie die Tür nur so weit, dass sie sich noch immer am Boden kauernd so gerade hindurchschlängeln kann. Schnell schließt sie die Tür sacht und kauert sich direkt neben sie an die Wand, sodass sie hinter ihr versteckt wäre, wenn jemand herein käme. Mit ganzer Konzentration versucht sie, Geräusche aus dem Flur zu erkennen, aber nichts scheint sich zu tun. Gerade als sie sich vornimmt, noch einige Minuten so zu verharren, vernimmt sie einen hellen elektronischen Piepston aus genau der entgegengesetzten Richtung des Flures. Kurz darauf fällt die Flurtür ins Schloss, durch die sie eben noch selbst gekommen war. Vorsichtig öffnet sie die Bürotür für einen kleinen Spalt und erkennt jetzt neben der Tür eine Art Kartenlesegerät an der Wand, das sie soeben am Boden kriechend nicht sehen konnte. Erleichtert schließt sie die Tür wieder und hofft, dass es sich gerade eben um einen Mitarbeiter eines Security-Dienstes gehandelt hat, der seine Runde durchs Haus hier abstempeln muss. Also wird er vermutlich in nächster Zeit wohl nicht so schnell wieder auftauchen, wenn er erst wieder durchs ganze restliche Gebäude gehen muss, hofft Tinasoa inständig.

Jetzt sollte sie aber wirklich schnellstmöglich nachschauen, ob sie sich auch tatsächlich in Raum 301 befindet. Die Zahl am Türschild erkennt sie als die richtige 301, nur der Name dahinter ist mit dieser Funzel nicht wirklich zu erkennen. Da sich weder Vorhänge noch Rollos vor den Fenstern des Büros befinden, stellt Tinasoa das Displaylicht gering höher und verwendet lieber auch hier nicht die Taschenlampenfunktion, um nicht von außen entdeckt zu werden. Zum Glück stehen die Akten in offenen Regalen. Ein feststehender PC befindet sich leicht zugänglich unter dem Schreibtisch, auf dem sich nur sehr wenige Unterlagen ordentlich aneinanderreihen. Ein riesiger, extravaganter Blumenstrauß mit Schleife und eine Holzkiste Zigarren stehen auf einem kleinen Beistelltisch, im Aschenbecher befinden sich zwei Zigarrenstumpen.

Damit wirklich nichts auf ihre Anwesenheit in seinem Büro hinweisen würde, setzt sie sich nicht an den Schreibtisch, sondern überfliegt die wenigen Papiere im Stehen, ohne sie zu berühren. Hier scheint jedoch nichts auf Verbindungen zur Praxis Hauenstein hinzuweisen. Auch auf den Aktenrücken in den Regalen sind nur alphabetische Ordnungskürzel zu erkennen.

Auf der Rückseite des Beistelltisches hinter der voluminösen Blumenvase erblickt Tinasoa mit einem Mal zwei Fotos mit einer Art Jagd-Szene. In einem Silbernen Bilderrahmen ist gut zu erkennen, wie Walther König im Crocodile-Dundee-

Stil, thronend auf einem grauen Felsen sitzend, Zigarre im Mundwinkel, seine Jagdwaffe triumphierend in die Höhe reißt. Das zweite Bild ist etwas größer, in einen goldenen Rahmen gefasst und zeigt wieder Walther König inmitten einer Art Jagdgesellschaft. Plötzlich erkennt Tinasoa auf diesem Bild genauer, um welchen grauen ‚Felsen' es sich tatsächlich handelt, auf dem Walther König so siegestaumelnd thront: ein gewaltiges Nashorn. Jetzt stellt Tinasoa ihre Handybeleuchtung doch etwas heller und erkennt direkt hinter dem blutigen Auge des toten Tieres auf Anhieb ein grinsendes Gesicht, das sie nicht erwartet hatte, nun aber alle ihre Vermutungen wie mit einem Schlag bestätigt: In der verzerrten Grimasse, die das sinnlose Abschlachten seltener Tiere feiert, erkennt Tinasoa eindeutig das gestrige Mordopfer, Professor Doktor Fridolin von Hauenstein.

Schnell schießt Tinasoa ein Foto, der Blitz schaltet sich dabei automatisch dazu, so dass sie heftig erschrickt. Schnell zieht sie das Foto groß, um zu kontrollieren, ob es keine Reflexion gegeben hat. Überdeutlich in bester Auflösung grinst sie von Hauenstein an. Direkt rechts neben ihm in Schulterhöhe erkennt sie eine hauchdünne schwarze Öffnung auf dem edlen Bilderrahmen, die Tinasoas Aufmerksamkeit auf sich lenkt. Nun leuchtet sie wieder mit dem funzligen Display-Licht den Rahmen genauer ab und entdeckt einen dünnen Streifen auf der oberen rechten Seite des Bilderrahmens. Sie will gerade mit dem Zeigefinger darüberstreichen, weil sie einen Spalt im Rahmen erahnt, als sie noch im letzten Moment die Hand zurückzieht, aus Ihrer Hosentasche einen zerknülltes Taschentuch zieht und um Fingerabdrücke zu vermeiden, damit zwischen den Fingern ganz vorsichtig den Rahmen abtastet. Butterweich löst sich ein Zwischenstück des Rahmens, ohne den geringsten Laut von sich zu geben. Heraus fällt ein Miniatur-USB-Stick, direkt in Tinasoas Hand. Ohne zu überlegen steckt sie das Zwischenstück zurück in den Rahmen, wieder geschützt durch das Taschentuch zwischen den Fingern, wickelt dann behutsam den USB-Stick darin ein und steckt schnell beides in ihre Hosentasche.

Tinasoa sichtet Daten von W. König

Zu Hause angekommen lässt Tinasoa den winzigen USB-Stick durch ihren Virenscanner laufen. Aufgrund der Dauer des Scanvorgangs scheint es sich wohl um eine sehr große Anzahl von Dateien mit hoher Kapazität zu handeln, die sich auf diesem Miniatur-Stick befinden. Tinasoa ist überrascht über eine solch hohe Leistung eines so winzigen Sticks. Den Verschlüsselungscode allerdings knackt sogar das Freeware-Programm auf ihrem Notebook zu Hause in Nullkomma nix. Eine Unmenge Dateien, auf den ersten Blick chaotisch abgelegt, erschlagen Tinasoa um diese späte Uhrzeit nach dieser Adrenalin-Flutung der letzten beiden Tage.
Einige Dateien tragen merkwürdige Kürzel, andere medizinische Fachbegriffe und bei wieder anderen scheint es sich um Statistiken und Tabellen zu handeln. Ein ziemlicher Wirrwarr ohne Bezug untereinander, wie es auf den ersten Blick scheint.

Sie will nur noch versuchen, irgendeinen logischen Zusammenhang herzustellen, dann ist wirklich erstmal Schluss. Tinasoa glaubt, als einziges nur noch Zahlen und Fakten ertragen zu können, irgendwelche abstrakten Fach-Hieroglyphen will sie jetzt einfach nicht mehr.

In der ersten Tabelle, die sie öffnet, findet sich nur ein einziges Jahr, das mit vielen Buchstaben-Kürzeln unterteilt ist. Diese Kürzel wiederholen sich anfangs fast wöchentlich, dann werden die Abstände immer größer. Es sieht wie eine flachgelegte Zwiebel aus, links ein immer dicker werdender Strich aus Kürzeln, der sehr schnell zu einem großen runden „Bauch" wird, aus dem schließlich rechts dann immer weniger Kürzel herauszufallen scheinen und einen schmalen gleichmäßigen Fluss bilden. Um diese Buchstabensuppe besser untereinander abgrenzen zu können, vergrößert sie die Tabelle und druckt sie, obwohl sie darauf am liebsten ganz verzichten möchte, ausnahmsweise auf drei einzelnen Blättern aus. So kann sie auf jeden Fall die vielen Kürzel in dem großen Gewirr besser auseinanderhalten. Jetzt kann sie zu reiner Fleißarbeit übergehen. Sie schnappt sich die Ausdrucke, nimmt eine Dose Farbstifte von ihrem Schreibtisch und legt sich damit tief schnaufend auf ihre Bodenmatratze, auf der sie sich in mindestens 30 verschiedenfarbige Kissen sinken lässt. So eingepackt beginnt sie, die sich wiederholenden Kürzel einzeln farbig mit den Stiften zu markieren. Sie merkt nicht, wie sie immer öfter mit den Buchstabenkombinationen durcheinander gerät, ihr der Arm weg sinkt und die Stifte lautlos zwischen die Kissen gleiten.

Der Tag nach Rautex Pharma

Schreckhaft reißt Tinasoa ihre Augen auf. „Was wenn König den Verlust bemerkt," schießt es ihr fast schmerzhaft durchs Hirn. Gut, dass heute Sonntag ist und vermutlich nach dem gestrigen Abend heute Morgen selbst so jemand wie König lieber die heimische Ruhe dem Büro vorzieht. Ansonsten wäre sie dran, denkt Tinasoa schon wieder ein wenig ruhiger. Wenn der Betrieb nach dem Wochenende erst einmal wiederaufgenommen wird, kann niemand mehr mit Sicherheit davon ausgehen, dass nur sie die Möglichkeit gehabt hatte, den Stick aus dem Rahmen zu entwenden.

Etwas beruhigt zieht sie endlich ihr ziemlich nach Angstschweiß riechendes Shirt aus und nimmt ein einstündiges Bad, bei dem sie ausnahmsweise sogar auf Musik verzichtet. Vielmehr hört sie diese Stille fast schon in ihren Ohren, ein leises Rauschen, das nicht vom Wasser stammt, wenn sie regungslos nur so daliegt.
Früher war es unmöglich für sie, den Kopf für nur wenige Minuten auszuschalten und die entstehende Leere darin zu ertragen. Bis sie eine wundervolle Zeit mit Henk in Holland hatte, der als junger Mediziner an einer Hochschule tatsächlich eigene Yogaseminare gab, die schwer angesagt waren. Henk ist bei seiner Mutter in Nijmegen aufgewachsen, und hat dort die längste Zeit seiner Kindheit in ihrer Yogaschu-

le verbracht. Durch seine Kurse ist es Tinasoa jetzt möglich, in schweren Zeiten ihre Gedanken zwar nicht auszuschalten, aber wenn sie will einfach ziehen zu lassen. Auch wenn immer wieder neue Gedanken versuchen, sie zu beunruhigen, so gelingt es ihr, auch diese immer besser weg schweben zu lassen, bis wirklich wohltuende Ruhe im Kopf eintritt.

Als Tinasoa wieder am Schreibtisch sitzt, kann sie es nicht fassen, dass sie es tatsächlich eine Stunde geschafft hat, diesen Zustand beizubehalten. Naja, vielleicht ist sie ja doch zwischendurch einfach mal weggedöst, denkt sie sich und grinst bei diesem Gedanken. Das Gefühl ist wieder zurück, nicht alles zu ernst oder gar verbissen nehmen zu müssen, um trotzdem - oder vielleicht gerade deswegen - erfolgreich zu sein. So entspannt sieht sie sich nochmal auf ihrem Laptop die unverständlichen Dateien an und erkennt direkt die Kürzel auf ihrem Ausdruck in den Dateinamen wieder.
Es handelt sich augenfällig darum, dass diese Kürzel auf der Zeitachse des letzten Jahres in verschiedenen Intensitäten immer wieder vorkommen. Am häufigsten ziemlich am Anfang in diesem Zwiebelbauch, dann immer seltener zum Schluss hin, wobei einige erst gar nicht ans Ende gelangen, was aussieht wie ein zerfranstes Tauende. Eigentlich also doch nicht so ein Chaos auf dem Stick, wie sie noch nachts gedacht hatte. Gut dass sie jetzt bedeutend klarer sehen kann.
Einen kurzen Blick will sie aber noch auf die medizinischen

Dateien werfen, die nicht zusammengefasst sind, sondern ohne Datum oder ähnliche Suchstrukturen zwischendurch eingestreut zu sein scheinen. Spontan klickt sie auf einen Ordner mit der Bezeichnung „Pharmako/Paradoxum", in dem sich mindestens 50 Dokumente befinden, diesmal alphabetisch sortiert. Erstaunlich. Als erste Datei öffnet sie jetzt einen Art Aufsatz, unter dem Datei-Namen „Abgrenzung Paradoxe Reaktion / Toleranzentwicklung". Scheint aus einem Gutachten oder Referat zu stammen, keinerlei Hinweis auf die Verfasser oder eine Publikation. Tinasoa klickt sich weiter durch die Dateien, nirgends ist zu erkennen, woher diese Berichte stammen könnten. Die einzige Verbindung scheint zu sein: alle stammen aus ein und demselben Jahr, wie bereits die Statistiken von heute Nacht. Okay, sie will sich heute Morgen nur einen groben Überblick verschaffen und sich erst später um die Details der drei Ordner kümmern.

Als letzten Ordner nimmt sie sich den mit diesen merkwürdigen Kürzeln genauer vor. Hinter jeder Kürzel-Datei verbergen sich lauter PDF-Dateien, benannt nach diversen Zahlen- und Datumskombinationen. Tinasoa sieht keine andere Möglichkeit, als sie alle einzeln geordnet nach den ältesten Erstellungsdaten durchzugehen. Sie öffnet unter einer Kombination „J-K-M" die erste Datei und findet einen Krankenhausbericht einer Patientin unter dem Betreff „Kordt-Mayer, Jule, *23.06.1992."

Also ist dieses J-K-M scheinbar nichts anderes als das Kürzel des Pantientinnen-Namens Jule Kordt-Mayer. Somit müssten sich logischerweise hinter all diesen Kürzeln noch viele weitere Namen verbergen. Tinasoa ist also auf eine Art Patientenverzeichnis gestoßen, das auf keinen Fall in die falschen Hände geraten sollte. Ansonsten würde es ja wohl ganz normal auf den Servern der Pharmafirma abgelegt sein.

Warum befindet sich dann eine solche geheimnisvolle Datenmenge versteckt in einem Bilderrahmen mit diesem merkwürdigen Fotomotiv, das ausgerechnet König und Hauenstein in dieser illustren Jagdgesellschaft vereint? In Tinasoas nun aufgeräumten Gedanken verfestigt sich immer mehr eine bestimmte Ahnung: Haben diese beiden Männer mit medizinischem Hintergrund aus verschiedenen Fachdisziplinen vielleicht gemeinsame Sache gemacht und dies versucht, so gut wie möglich vor der Öffentlichkeit geheim zu halten? Um welche Art von Untersuchungen oder Forschungen kann es sich bei solch einer Verbindung denn wohl handeln?

Tinasoa will unbedingt so viele Infos wie möglich in ihrem jetzigen völlig klaren Zustand verarbeiten. Sie geht die Kürzel systematischer durch und öffnet jede Datei, um die vollständigen Namen zu erfahren. Das ist zwar eine reine Fleißarbeit, trotzdem rätselt sie vor dem Öffnen jedesmal, welcher Name sich denn wohl hinter dem Kürzel verbergen könnte. Sie liegt immer vollkommen daneben, aber diese Rätsel helfen ihr, geistig wach zu bleiben und nichts zu übersehen.

Als Tinasoa im Alphabet beim Buchstaben N angekommen ist fällt ihr bei dem Kürzel F-N spontan der Name ihrer Dänischen Vormieterin Freja ein, weil sie diese Kürzel im Mietvertrag benutzt hatte. Aber das ist jetzt auch wohl wieder nur eine von vielen freien Assoziationen zu diesen Namens-Kürzeln. Tinasoa erstarrt, als sie die PDF-Datei öffnet und tatsächlich Freja Nielsons Entlassungsbericht aus der Psychiatrischen Tagesklinik am Kiepenkerl vor sich sieht.

Geschockt klappt sie den Rechner zu, sie fühlt sich mit einem Mal schrecklich aufdringlich. Sie hat das Gefühl, dass sie in keinster Weise dazu berechtigt ist, so tief in die intimste Privatsphäre dieser Frau vorzudringen, selbst wenn sie nicht mehr lebt.
Damals, als sie erst einige Zeit nach ihrem Einzug in die Wohngemeinschaft von dem Suizid ihrer Zimmer-Vorgängerin erfuhr, fühlte sich Tinasoa eine ganze Weile lang wie fremd in ihren eigenen vier Wänden und verbrachte meistens ihre Tage wie auf der Flucht an der Uni und bei Freunden. Jetzt ist alles wieder da, nachdem Frejas Name auf dieser Liste aufgetaucht ist. Tinasoa ist erschüttert und fragt sich, um was für eine Datenbank es sich hierbei um alles in der Welt bloß handeln könne.

Um erst einmal in aller Ruhe ihre Gedanken an dieser Stelle ordnen zu können, bevor sie vorschnelle Urteile oder Ergebnisse aus diesem Fund ziehen würde, zieht sie sich ihre Laufschuhe an und steckt sich ihre drahtlosen In-Ear-Kopfhörer in die Ohren. Draußen angekommen, zieht sie die kühle frische Morgenluft so tief in sich hinein, dass es in der Nase und sogar in der Lunge leichte Stiche gibt. Tinasoa versucht, ihren Kopf so kühl und klar wie möglich zu behalten. Es scheint nichts zu bringen, sich allein mit einem solch kompakten und fachspezifischen Fall herumzuschlagen. Hier ist wohl eher professionelle Hilfe und Fachkompetenz dringend notwendig. Natürlich könnte sie alles an den lieben Wolkenstein abgeben, allerdings müsste sie dazu erst einmal eine plausible Erklärung dafür haben, wie sie denn wohl in den Besitz solch pikanter Informationen gekommen ist. Naja, zur Not wieder mit ihrer Masche Quellenschutz, das ist schon häufiger ein beliebtes Totschlagargument in ihrer jungen journalistischen Arbeit gewesen. Allerdings hat sie es sich damit auch gehörig mit dem ein oder der anderen verscherzt. Das will sie auf alle Fälle bei dem lieben Wolkenstein verhindern. Irgendwie ist er in ihren Augen etwas Besonderes. Viel gehört hat sie auch von den Hilfsmöglichkeiten der journalistischen Recherche-Netzwerke, die den Quellenschutz ganz besonders ernst nehmen. Ob die auch Kompetenzen in medizinischen Sachfragen haben oder aber vielleicht wenigstens fachliche Hilfe organisieren können?

An der uralten Brücke zum See bleibt Tinasoa stehen, ohne

wie sonst die Bewegungen der Beine im Stand fortzuführen. Ganz still steht sie da und versucht ihren Herzschlag, den sie bis hoch zum Hals spürt, herunterzufahren. Sie muss ruhiger werden, die Gedanken fangen schon wieder an, sich zu überschlagen.

Eigentlich könnte es doch ganz einfach sein, wenn sie zweigleisig fahren würde: Kriminalpolizei UND Recherche-Kollegen gleichzeitig einweihen. Und den lieben Wolkenstein wird sie bestimmt überzeugen können, dass nach der Aufklärung, die hoffentlich durch ihre brillanten Informationen jetzt ja wohl zügig stattfinden kann, sie die erste Journalistin sein wird, die exklusiv darüber und über ihre eigene Aufdeckungsarbeit berichten darf. Sie grinst albern vor sich hin, „voll investigativ!"

Es fällt eine riesige Last von ihr ab, da sie sich jetzt nicht mehr allein verantwortlich für die Aufklärung fühlen muss. Vor allem, nachdem sie diesen verwirrenden Hinweis auf Freja auf der Liste gefunden hat, der seitdem ziemlich dunkle Gedanken in ihr hervorruft.

Henk

Tinasoa sitzt wieder seit gefühlt zu vielen Stunden an ihrem Schreibtisch und hat die Internetrecherche zu investigativem Journalismus und Recherche-Teams aufgegeben. Nirgends findet sich ein Hinweis auf ähnlich gelagerte Fälle. Vor allem in Bezug auf die medizinischen und pharmakologischen Zusammenhänge dieser Dateien ist sie dabei an ihre Grenzen gestoßen. Sie muss jetzt erst wieder ihre Gedanken sortieren. Bevor sie diese aber wieder auf die Reise schicken kann, fällt ihr Henk ein; wenn es jemanden geben kann, dem sie vertraut und der auch noch medizinisch ausgebildet ist, dann ist es in ihrer Welt nur dieser Holländer. Schnell greift sie zum Handy und muss nur zwei Feizeichen abwarten, bis sie ihn direkt persönlich laut sagen hört „Hallo Tinasoa, wat een verrassing!"

„Hey Henk, ja ich glaube dir wohl, dass du überrascht bist, ist leider schon etwas her. Ich musste gerade an dich denken."

„Oh, das freut mich sehr, wir hatten ja auch wirklich eine tolle Zeit zusammen."

Als sie Erinnerungen ausgetauscht und ein baldiges Wiedersehen verabredet haben, erklärt Tinasoa Henk ihr Anliegen und bittet ihn, über die medizinisch-pharmakologischen Daten zu sehen.

„Vielleicht fällt Dir ja ein Zusammenhang zwischen den Statistiken und Patientenberichten auf. Du bist jetzt meine einzige Hoffnung und vor allem der Einzige, dem ich das anvertrauen kann, ohne dass ich mir Sorgen über seine Verschwiegenheit machen müsste."

Henk verspricht Tinasoa, ihr so schnell wie möglich eine Kurzzusammenfassung zu mailen, sobald sie ihm die Dateien über ein sicheres Overlay-Netzwerk geschickt hat.

Tinasoa ist so beruhigt, nachdem die verschlüsselten Daten verschickt sind, als sei sie damit all die Verantwortung los. Als sie nach viel zu kurzer Zeit der Eingangston ihres E-Mail-Postfaches unsanft aus ihrem gedankenfreien Zustand reißt, ist Tinasoa fast schon ein wenig ärgerlich, dass sie ihren Fall nicht tatsächlich einfach komplett losgeworden ist. Sie öffnet Henks E-Mail, in der er ohne Umschweife zur Sache kommt:

„Hoi Tinasoa!

Es handelt sich um ein neu entwickeltes Präparat, das allerdings bereits in der zweiten von vier Versuchsphasen zu paradoxen Reaktionen geführt hatte. Die sind zwar bei einigen Wirkmechanismen bekannt, aber die stellen sich normalerweise sonst immer sofort nach Ersteinnahme des Medikamentes bei einigen Patienten ein. Dadurch ist man gut in der Lage, diese anfänglichen Verschlechterungen ärztlich engmaschig zu begleiten und medizinisch aufzufangen.

Bei dieser neuen Wirkstoffkombination waren alle Entwickler anfangs völlig euphorisch, da dieses anfängliche Problem in keinem einzigen Fall zu beobachten war. Man meinte sogar, dass man also die dritte Phase der Zulassung sehr bald einleiten könnte, um es damit bei tausenden Probanden einsetzen zu können. Kurz vorher zog die Firma Rautex ganz unerwartet die Planung doch zurück und jetzt kommt dein USB-Stick ins Spiel. Man hatte plötzliche gehäufte Todesfälle nach mehr als einem Dreivierteljahr, die scheinbar alle nach einer schlagartig massiven Verschlechterung des psychischen Zustandes eintraten. Als ich mir die Berichte zu den Todesfällen genauer angesehen habe, war mir schlagartig bewusst, dass es sich hierbei in allen Fällen nur um Tod durch Suizid handeln kann. Genau wie diese paradoxen Reaktionen, die wir vom Anfang der Behandlung her kennen, wobei man dabei allerdings bei entstehender Suizidalität sofort medizinisch/therapeutisch eingreifen kann. Dies war hier nicht möglich, man hatte weder damit gerechnet, dass dieses Phänomen noch nach einer so langen Zeit eintreten könnte, noch hatte man die Patienten nach diesen Monaten des unauffälligen Verlaufs noch so engmaschig in ärztlicher Betreuung wie anfangs. Man hat die rapide Verschlechterung also schlichtweg einfach nicht mitbekommen. Erst nach dem zweiten Bekanntwerden eines Suizids griff die Firma ein und übergab dem Kollegen Hauenstein die Fälle zur schnellstmöglichen Einbestellung der beteiligten Patienten mit dem Auftrag, die Gefahr von weiteren Selbstmorden jetzt sofort zu beenden.

Die akribisch geführten Statistiken der Rautex-Forschungsabteilung zeigen hierbei überdeutlich die zu Beginn der Behandlungen eingetretenen Erfolge mit stetig verbesserten Ergebnissen. Erst im dritten Quartal wurden die Erfolge weniger. Die Patienten setzten teilweise selbst das Medikament ab, oder wurden von Hauenstein umgestellt, so dass die statistichen Erhebungen rasant schrumpften. Augenfällig ist nur das Jahresende zu nennen. Hier verschwanden nämlich plötzlich immer mehr Probanden aus der Statistik. Nach Abgleich mit den Kürzel-Dateien handelt es sich dabei eindeutig um die Verstorbenen. Darunter dann eben leider auch deine bekannte Freja Nielson. Tut mir sehr leid für dich, oder wie sagt man bei euch? LG"

Tinasoa liest Henk E-Mail immer und immer wieder. Ihr Verstand funktioniert, aber irgendwo in ihrem Kopf gehen die Gedanken einfach nicht weiter, stecken fest. Tinasoa fühlt sich elendig und gleichzeitig aufgewühlt. Sie kann das alles nicht fassen. Hauenstein ist ein Monster, Rautex und König sind kriminelle, menschenverachtende Täter in vollem Bewusstsein der Auswirkungen ihrer Vertuschungen - also Mörder! In Tinasoas Brust verkrampft sich alles, als sie daran denkt, dass diese lebensgefährliche Pille seit gestern offiziell auf dem Markt ist und scheinbar schon jetzt einen Hype ausgelöst hat. So schnell wie möglich muss sie verhindern, dass noch mehr Menschen damit in den Tod getrieben werden, denkt sie ununterbrochen. Aber wie? Soll sie zur Polizei gehen, die sie dann eh direkt dabehalten werden wegen Einbruch-Diebstahls und sowieso fachlich völlig überfordert sein werden? Wer kann ihr da helfen?

Der Einzige, der natürlich diese Ergebnisse für seine Ermittlungen unbedingt kennen muss, ist Wolkenstein. Nur Wolkenstein ist es möglich und erlaubt, König so in die Zange zu nehmen, dass dabei auch diese Grausamkeiten ans Tageslicht gezerrt werden – und Hexothal sofort wieder vom Markt verschwindet!

Tinasoa wählt Wolkensteins Nummer.

Zweite Befragung Dr. Jansen

Kurz vor 13 Uhr am Sonntagmittag betritt Wolkenstein sein Büro. Er hatte ein ausführliches Telefonat mit Tinasoa, die außerordentliche Erkenntnisse über Verstrickungen der Praxis Hauenstein mit der Firma RAUTEX Pharma herausgefunden hat. Auch wenn sie ihm nicht die Quelle nennen will, verfügt sie doch über erstaunlich detailliertes Beweismaterial. So präpariert wird Wolkenstein gleich zum zweiten Mal auf Dr. Jansen treffen, der sich bei der gestrigen Befragung in immer tiefere Widersprüche verstrickt hatte. Gespannt auf die heutigen Rechtfertigungen macht es sich Wolkenstein hinter seinem Schreibtisch gemütlich. Schon lange kennt er keine friedlichen Sonntag-Morgende mehr, vielmehr fährt er an den geschlossenen Rollläden all seiner Nachbarn vorbei und versucht zu verdrängen, wie harmonisch es bei anderen zugehen mag, die eine geregelte Arbeitswoche haben.

Ein uniformierter Kollege öffnet mit Jansen im Schlepptau seine Bürotür.

„Kommen sie herein, Doktor".

Wolkenstein wundert sich, Dr. Jansen ohne juristischen Beistand eintreten zu sehen. Fast schon kleinlaut beginnt Jansen, dass ihn seine Ex-Frau bereits gestern über ihr Gespräch mit der Polizei informiert habe. Er versuche ja, die noch ausstehenden Beträge für sie und die Kinder aufzubringen, es laufe schlichtweg im Moment leider nicht so.

„Nicht so", wiederholt Wolkenstein mit fragendem Ton.
„Das halten aber alle anderen für komplett untertrieben. Keine Spielbank lässt Sie noch rein, wie wollen Sie denn da um alles in der Welt Ihre Verluste wieder zurückgewinnen, wie Sie es ihrer Ex-Frau schon seit Wochen weiß machen wollen. Herr Jansen, hier sitzen Sie in meinem Präsidium und Sie können es komplett vergessen, sich hier mit Ihren Sucht-Ausreden als jemand zu verkaufen, der noch alles im Griff hat. Der Zug ist nämlich schon seit langem abgefahren, Sie haben ja schon alles zu Geld gemacht, aber diese Schulden werden Ihnen jetzt endgültig das Genick brechen. Wollten Sie deswegen Professor von Hauenstein ausschalten, um seine lukrativen Einnahmen zu übernehmen? Versuchen Sie erst gar nicht abzustreiten, dass die Kompetenz Ihres Chefs bei Forschung und Lehre ja wohl in erster Linie aus Versuchen an unwissenden Patienten bestand!"
Zum Ende seiner Ansprache überschlug sich Wolkensteins Stimme förmlich, als habe der Ekel endgültig seinen Rachen verlassen!
Nach einer gefühlten Ewigkeit räuspert sich Jansen, legt sein Kinn in die Hand und fingerte an seiner Nase herum.
„Herr Wolkenstein, Sie müssen mir glauben, dass ich erst lange Zeit nichts von den miesen Machenschaften meines Kollegen mitbekommen habe. Wir haben wirklich jeder unsere eigenen Patienten behandelt, ohne uns groß über seine Studien auszutauschen. Erst, als die häufigen Kontakte mit

der Pharmafirma RAUTEX nicht mehr zu übersehen waren, wurde das Bild für mich Stück für Stück klarer. Mir wurde mit einem Mal überdeutlich, warum mich Hauenstein mit der geplanten Teilhaberschaft immer weiter hin hielt. Irgendetwas musste schiefgelaufen sein und sollte ich mit einsteigen, wäre das vor mir nicht mehr zu verheimlichen gewesen. Natürlich könnte man daraus ein Motiv für den Mord aus finanziellen Nöten für mich stricken, aber glauben Sie mir, ich war zum Schluss endgültig so hoffnungslos, dass ich wohl bald eher eine größere Gefahr für mich selbst als für andere geworden wäre. Ich bin schließlich Fachmann, wie Sie wissen."

Wolkenstein ist nicht mehr sicher, trotzdem will er Jansen noch weiter aus der Deckung locken:

„Herr Jansen, wir „stricken" hier keine Motive. Nennen Sie mir einen Grund, warum ich Sie laufen lassen soll!"

Jansen schweigt resigniert.

„Okay," beendet Wolkenstein diese Situation.

„Sie bleiben für die nächsten Stunden hier bei uns in Gewahrsam und ich versuche derweil so schnell es heute am Sonntag möglich ist, den Verantwortlichen von Rautex aufzusuchen. Wie gesagt, über Beweise verfügen wir glücklicherweise in Hülle und Fülle. Ich muss mir trotzdem ein persönliches Bild vom Ausmaß dieses Sumpfes machen, um auch Ihre eventuelle persönliche Beteiligung bei diesen menschenverachtenden Betrügereien besser beurteilen zu können. Ich hoffe für

Sie, dass Sie nicht auch noch solchen Dreck an Ihren Händen kleben haben. Schließlich haben Sie ja wohl mehr als genug Katastrophen-Baustellen. Ich werde Sie jetzt erst einmal wegbringen lassen. Wir sehen uns."

Befragung der Auszubildenden

Es ist Sonntag am frühen Nachmittag. Peter Meyer ist leicht ärgerlich. Eigentlich wollte er zum Fußballspiel seines Lieblingsvereins Preußen Münster gegen den HFC Halle. Es ist der 28. Spieltag der 3. Liga. Aber sein Chef, Hauptkommissar Johannes Wolkenstein hatte ihn dazu beordert, der Vollständigkeit halber, wie er sagte, noch die drei Auszubildenden Danni Huber, Sabine Schneider und Aische Kemal zu verhören.

„So ein Schwachsinn," denkt er, „ausgerechnet an einem Sonntag. Und dann, wenn Preußen spielt."

Jo ist sehr ehrgeizig und akribisch in seinen Ermittlungen und da Meyer ebenfalls ein guter Kommissar werden will und etwa zur gleichen Zeit die Befragung von Dr. Jens Jansen ansteht, die Wolkenstein durchführt, bleibt ihm nichts anderes übrig, als die Anordnung seines Chefs zu befolgen. Er hatte im Vorfeld herumtelefoniert und sich mit Danni Huber, Sabine Schneider und Aische Kemal am kleinen Teich im nahegelegenen Stadtpark verabredet.

Die drei Frauen haben zu seiner Erleichterung zugesagt, den Termin um 14 Uhr einzuhalten und da Meyer glaubt, dass die Befragung schnell über die Bühne gehen wird, besteht für ihn noch die winzige Hoffnung, mit seinem Rennrad danach schnell zum Stadion flitzen zu können, um wenigstens die zweite Halbzeit des Spieles seines Lieblingsvereines mitzubekommen.

Schon 13.50 Uhr steht er am kleinen Teich und wartet auf die Frauen. Als erstes trifft Danni ein. Sie springt von ihrem Rad ab, so dass ihr blonder Pferdeschwanz hin und her wippt und schiebt das Rad auf den wartenden Kommissar-Anwärter zu.

„Da bin ich," ruft sie fröhlich.

„Sehr gut," lobt Meyer, „jetzt müssen wir noch auf die anderen warten."

„Also ich wars nicht, das mit dem Hauenstein," plappert Danni munter drauf los.

„Die anderen vermutlich auch nicht. Schauen wir mal, was Ihre beiden Kolleginnen sagen," bremst Meyer sie.

„Die sind mehr als Kolleginnen, wir drei sind Freundinnen" empört sich Danni.

„Ach, da hinten kommt Bine."

Peter vermutet, dass es sich um Sabine Schneider handelt. Eiligen Schrittes kommt eine ganz in blau gekleidete große schlanke Frau auf ihn zu und streckt ihm die Hand hin. Suchend blickt sie sich um.

„Ist Aische noch nicht da?"

„Du weißt doch, die ist nie pünktlich," ereifert sich Danni.

„Na, das kann ja heiter werden," denkt Meyer und blickt besorgt auf seine Armbanduhr. Hoffentlich verspätet sie sich nicht allzu sehr. Die drei stehen wartend da, wobei Danni in einem fort auf Sabine Schneider einredet. Meyer hat keine

Lust sich an dem Gespräch zu beteiligen und lehnt sich abwartend an den Stamm einer Weide, die am Rand des Teiches steht.

Endlich, wie ihm scheint, nach einer halben Ewigkeit, schreit Danni: „Aische, hier sind wir."

Wie ein schwarzer Blitz rast ein Fahrrad auf die drei zu.Eine dunkelhaarige Frau mit langen Locken springt ab.

„Sorry," stammelt sie völlig außer Atem.

„Ich hatte meinen Fahrradschlüssel vergessen und musste noch einmal ganz hoch. Der blöde Fahrstuhl kam wieder nicht."

„Ja, ja , schon gut," mault Danni.

„Was musst du auch im 5. Stock ganz unterm Dach wohnen?"

„Jetzt sind wir alle zusammen und ich möchte mit der Befragung anfangen," unterbricht Meyer sie.

„Es dauert bestimmt nicht lange und wir können ein Stück am Teich entlang gehen."

Gesagt, getan. Die vier setzen sich in Bewegung. Danni, Aische und Peter schieben ihre Räder, während Sabine nebenher geht.

Peter erfährt, dass die drei Frauen am Donnerstag zusammen gegen 18:30 Uhr die Praxis verlassen haben. Sie sind danach ins nahegelegene Einkaufszentrum gegangen, um Zutaten zu kaufen, da sie bei Aische zusammen kochen wollten.

„Aische, du hast doch bestimmt noch den Kassenbon, dann kann der Herr Kommissar" und dabei schielt sie nach Meyer

„auch sehen, dass wir wirklich einkaufen waren," ruft Danni. Meyer nickt, bleibt stehen, stellt sein Rad ab und macht sich Notizen. Er erfährt darüber hinaus, dass verschiedene türkische Rezepte ausprobiert wurden, die zur Hochzeit von Aisches Cousine Selma das Buffet der Feier bereichern sollten. Danni und Sabine wollten schon immer Köstlichkeiten aus der Heimat von Frau Kemal probieren. Da die Hochzeit von Selma kurz bevorstand, bot sich dieser Kochabend an. Aische hatte zur Bedingung gemacht, dass die Freundinnen für das „Probekochen" sowohl beim Einkaufen wie bei der Zubereitung der Speisen mithelfen sollten. Es wurde ein lustiger, geselliger Abend, der sich einige Stunden hinzog, zumal die Braut mit ihrem zukünftigen Mann später ebenfalls vorbeischaute. Danni und Sabine verließen erst gegen 23:30 Uhr Aisches Wohnung, was auch Selma und ihr zukünftiger Ehemann Mahir auf Nachfrage bestätigen könnten.

Da alle Aussagen für den Kommissar Anwärter übereinstimmen und für ihn den Mord an Hauenstein ausschließen, entlässt Meyer die drei Frauen. Er schnappt sich sein Rad und macht sich erleichtert auf den Weg ins Stadion.

Walther König

Walther König macht seinem Namen alle Ehre. Er heißt nicht nur so, sondern fühlt sich auch wie ein König. Er, der kleine Pharmareferent, hat es in jungen Jahren geschafft, mit gerade 41, die Wissenschaft zu revolutionieren. Ihm ist es hauptsächlich zu verdanken, dass Hexothal endlich auf den Markt kommt.

Das Medikament gegen Depressionen, dessen Wirkstoff Hexothamyd er maßgeblich mitentwickelt und mit Ärzten erprobt hat, wird endlich zugelassen. Wieviel Arbeitsstunden und schlaflose Nächte ihn diese Entwicklung gekostet hat, vermag er nicht mehr zu sagen. Er ist sehr stolz auf sich und malt sich die Zukunft in rosigen Farben aus.

Um die starke Arbeitsbelastung abzubauen, geht er in den nahe gelegenen Club Mikado, der mittlerweile zu seinem Lieblingsort geworden ist.

Oft, wenn er bei Rautex Pharma bis spät in die Nacht Überstunden gemacht hat, tauscht er dort seine Arbeitskleidung gegen ein legeres Alltagsoutfit und geht in den Club. Er trifft dort attraktive Mädchen und Frauen.

Da er sich noch jung fühlt und gut aussieht (wie George Clooney, wie man ihm nachsagt) übt er besonders auf jüngere Frauen einen gewissen Reiz aus.

Weil er immer recht spendabel auftritt, kommt es schon hin und wieder vor, dass ihn eine der Frauen mit zu sich nach

Hause nimmt. Ein schlechtes Gewissen Conny, seiner Ehefrau, gegenüber hat er dabei nicht.

„Wer feste arbeitet, soll auch Feste feiern," ist seine Devise und diesen, wenn auch etwas anderen Ausgleich gesteht, er sich ohne Skrupel zu. Ehefrau und Tochter sind ohnehin daran gewöhnt ihn selten zu Hause zu sehen.

„Immerhin bin ich bald berühmt und reich," tröstet er sich „und dann habe ich wieder mehr Zeit für die Familie. Ich werde alle überraschen, vor allem Fridolin."

Aber auch ein König kann sich irren…

Befragung W. König

„Danke, dass Sie es heute am Sontag-Nachmittag so kurzfristig möglich machen konnten. Wir ermitteln in einem Mordfall und sind deshalb auf äußerst schnelle Unterstützung angewiesen."
Wolkenstein eröffnet das Gespräch mit dem Pharma-Referenten der Firma RAUTEX Pharma, Herrn Walther König, mit seinem unschuldigsten Sonntag-Nachmittags-Gesicht.
„Oh, aber wie können wir ihnen denn bei so einem Problem behilflich sein, wir stellen ja eher Produkte zum Überleben her?"
„Wir haben während unserer Recherchen einen geschäftlichen Zusammenhang zwischen dem Opfer, einem Arzt, der ihre Produkte einsetzt und ihrer Firma herstellen können. Es handelt sich um Professor Doktor Fridolin von Hauenstein, mit dem Sie regelmäßig in persönlichem Kontakt standen."
„Oh mein Gott, das hätten Sie auch sofort sagen können. Natürlich verbindet mich und die Praxis Hauenstein eine sehr enge Zusammenarbeit."
„Das dachten wir uns schon, würde ja auch ganz klar das Vorhandensein frischer Fingerabdrücke von Ihnen erklären."
Wolkenstein ändert plötzlich seinen freundlichen Gesichtsausdruck, er kräuselt die Stirn.
„Allerdings – allem Anschein nach waren Sie so ziemlich der Letzte, der im Büro von Prof. von Hauenstein gewesen

ist. Aus diesem Grund muss ich Sie jetzt auch ausdrücklich danach befragen, wo Sie in der Nacht vom Donnerstag auf Freitag gewesen sind."

„Natürlich bei meiner Familie und habe geschlafen," bringt es König ein wenig zu spontan hervor.

Wolkenstein schaut ihn immer eindringlicher an.

„Ich gebe Ihnen jetzt die Gelegenheit, sich noch einmal zu korrigieren, ansonsten müsste ich diese Aussage als endgültig betrachten und im Falle eines Versehens ihrerseits würde es sich anschließend rechtlich um eine Falschaussage handeln."

Wolkenstein und König schweigen, schließlich räuspert sich König und atmet schwer durch.

„Dann haben Sie ja natürlich auch schon mit den Mitarbeiterinnen der Praxis geredet. Sie müssen das verstehen, ich will nicht, dass meine Frau etwas erfährt, was sie vielleicht in den falschen Hals bekommen könnte. Ja, ich hatte nach der vielen Arbeit einfach den Drang, mich diesem elenden Druck der auf mir lastet im Club Mikado zu entledigen. Dort kommen viele schwer arbeitenden Männer hin, die jungen Mädchen sind dann eben auch da."

Wolkensteins Ekel in diesen Tagen scheint schon fast chronisch zu werden. Königs Gesichtsausdruck hingegen nimmt schon fast stolze Züge an.

„Dabei ist mir eben diese junge Mitarbeiterin aus der Praxis über den Weg gelaufen. Es ist aber nichts passiert und ich war dann auch am frühen Morgen, bevor meine Familie aufwachte wieder zu Hause. Wenn Sie unbedingt ein Alibi brauchen, dann bitte sprechen Sie mit Silke aus der Praxis und lassen mich danach aus dieser Sache raus. Sie hätten nichts davon, auch noch meine Frau zu beunruhigen."

Wolkenstein will König nichts vom Verhör von Silke sagen, lieber zieht er sein zweites Ass aus dem Ärmel:

„Den Kollegen von Dr. von Hauenstein kennen Sie ebenfalls. Das ist jetzt ausdrücklich keine Frage!"

König ist deutlich irritiert bei dieser plötzlichen Attacke.

„Ja, Dr. Jens Jansen, aber nur flüchtig. Ich hatte nicht den Eindruck, dass von Hauenstein ihn besonders in unsere geschäftlichen Dinge involviert hatte."

Jetzt ist es Zeit zum Angriff denkt Wolkenstein und lässt nur wenige Sekunden bis zum Platzen der Bombe verstreichen:

„Wenn Sie sich da mal nicht täuschen! Wir haben Dr. Jansen in Gewahrsam nehmen müssen, da er Verstrickungen bei Medikamenten-Versuchen Ihrer Firma an unwissenden Patienten einräumen musste."

ke festhalten, sie ist seit Freitag nicht mehr hier gewesen.

„Tinasoa ist Ihnen nicht gut? Ich hole Ihnen ein Glas Wasser."

Das Wasser hilft. Sie muss sich einen Moment setzten.

„Geht es Ihnen besser? Entschuldigung, das war mein Fehler. Ich hätte wissen müssen, wie Räume, in denen Verbrechen stattgefunden haben, auf Beteiligte wirken. Kommen Sie, ich bringe Sie nach Hause."

„Danke, aber es geht wieder. Mir kamen die Bilder vom toten Professor in den Kopf. Es ging alles so schnell – die Leiche, das viele Blut. Ich habe wieder alles vor mir gesehen."

„Wollen Sie wirklich bleiben? Ich bringe Sie gern nach Hause. Sie müssen nur ein Wort sagen."

„Das ist sehr freundlich von Ihnen, aber ich bleibe."

„Sie sind eine starke Frau. Ich gehe jetzt ins Zimmer vom Professor. Wollen Sie mitkommen oder bleiben Sie lieber hier?"

„Ich komme mit."

Sie betreten beide den Tatort. Wolkenstein öffnet Rollos und Fenster. Angenehm frische Luft kommt in den Raum. Sie setzen sich in die Besucherstühle und lassen den Raum auf sich wirken. Nach einer halben Stunde hat er genug.

„Tinasoa, ist Ihnen etwas aufgefallen?"

„Ja. Ich weiß nicht."

„Was wissen Sie nicht?"

„Auf dem Schränkchen mit den Tabletten hat irgendwas gestanden. Ich versuche mich zu erinnern, aber mir fällt nichts ein. Wenn man fünfmal pro Woche einen Raum betritt und dort saubermacht, sollte man eigentlich wissen, was dort für ein Gegenstand stand."

„Machen Sie sich nichts draus. Irgendwann fällt es Ihnen wieder ein."

„Und wenn es die Mordwaffe ist?"

„Dann haben wir ein wichtiges Detail für die Ermittlungen."

„Wie können Sie nur so ruhig bleiben?"

„Ermittlungsarbeit ist auch abhängig von Glück und Zufall. Vielleicht ist beides in Ihren Seminaren nicht erwähnt worden, trotzdem werden sie benötigt."

„Ich fahre zurück ins Büro. Wollen Sie nach Hause?"

„Wenn ich darf, komme ich mit Ihnen. Schließlich will ich lernen, wie Sie weiter vorgehen."

Im Kommissariat angekommen, schlägt Jo vor, alle Verdächtigen aufs Neue zu durchleuchten.

„Wir können nicht ausschließen, dass Doro oder Igo oder beide zusammen die Tat durchgeführt haben. Sie haben beide ein Motiv."

„Doro ist nicht der Typ, der jemanden brutal attackiert. Im Effekt ja."

„Dass sie den Professor geschubst hat, hat sie bereits zugegeben. Vielleicht haben Sie recht, aber Igo, dem Muskelprotz würde ich es zu trauen."

„Jo, Sie verrennen sich. Igo mag zwar bullig erscheinen. In Wirklichkeit hat er ein kindliches Wesen. Ich habe ihn letztes Jahr auf dem Sommerausflug der Praxis kennengelernt. Nein, ich traue ihm keinen Mord zu."

„Ja, Sie haben recht. Dr. Jansen und Frau Fröhlich, beide haben kein Alibi. Allerdings fehlen Beweise. Die Spurensuche hat nichts gefunden, was auf einen von ihnen verweist. Genauso ist es mit Silke Bäumer und Walther König, beide haben ein Motiv. Bei ihr ist es Eifersucht, er möchte reich und berühmt werden. Das Taxi, das Frau Bäumer nach Hause brachte, wurde nach Auskunft des Taxiunternehmens um 3:20 Uhr zur Praxis bestellt. Sie gibt nicht zu, dass sie um diese Zeit in der Praxis waren und die Leiche des Professors entdeckten. Mein Assistent Peter hat dies aus der Aussage von Frau Bäumer geschlossen. Vermutlich haben sie dann panikartig die Flucht ergriffen, was auch erklären würde, dass die Praxistür nicht abgeschlossen war.

Vielleicht haben sie den Professor getötet. Auch hier fehlt jeder eindeutige Beweis. Bleibt Frau von Hauenstein. Sie ist nach dem Anruf ihres Mannes zur Praxis gefahren. Stand vor verschlossener Tür und wunderte sich, warum ihr Mann nicht öffnete. Vielleicht stimmt das nicht und sie hatte ihren Schlüssel doch dabei. Es gab eine Auseinandersetzung, die mit dem Tod des Professors endete."

„Ich kann mir nicht vorstellen, dass sie ihn getötet hat. Sie hat ihn geliebt. Ihr Mann hatte viele Geliebte, aber nur eine

Frau."

„Woher wissen Sie, dass sie ihn geliebt hat?"

„Ich habe öfter am Wochenende Frau von Hauenstein unterstützt. Sie sind immer liebevoll miteinander umgegangen."

„Wieso hat er dann laufend eine Geliebte gehabt?"

„Sie haben ein Kind verloren. Vermutlich hat ihre Beziehung darunter gelitten."

„Tinasoa, Sie sehen, es stagniert. Am besten machen wir eine kreative Pause, bevor wir weiter ermitteln."

Sie beenden ihr Meeting.

Tinasoa kommt nach Hause. Julie kocht gerade Tee in der Küche.

„Hallo Tina, Du bist erschöpft. Kann ich Dich zu einer Tasse Tee überreden?"

„Gerne. Ich bin müde und geschafft nach dem anstrengenden Tag."

„Wieso? Was los?"

„Ich hatte heute Morgen drei Vorlesungen. Am Nachmittag habe ich mich mit Jo getroffen."

„Wer Jo?"

„Dieser nette, gutaussehende Kommissar."

„Er Dir gefallen?"

„Ja, sehr sogar."

„Was Dich hindert ihn zu schnappen."

„Ich weiß nicht, ob er eine Frau, eine Freundin hat. Er ist

wie ein Lehrer zu mir. Da bin ich selber schuld. Ich habe ihn schließlich dazu überredet."

„Das sein kein Grund. Ich glaube, Du Dich nicht trauen."

„Vielleicht ja. Vielleicht nein. Ich weiß nicht."

„Komm in mein Zimmer, trinken Tee. Dort es gemütlicher."

„Ich bringe kurz meine Sachen in mein Zimmer."

Beide relaxen in Julies bequemen Korbsesseln, genießen ihren Tee und tauschen den neuesten Uni Tratsch aus. Nach gut einer Stunde fühlen sich beide erholt und frisch für neue Taten. Julie hat eine Verabredung und Tinasoa muss für die Uni büffeln.

Beim hinausgehen entdeckt Tinasoa einen Pokal mit der Inschrift „Siegerpokal 2019 – Turnier Speckbrettfreunde Werseglück e.V." auf Julies Fensterbank. Irgendwie kommt ihr der Pokal bekannt vor, aber im Augenblick fällt ihr nicht ein, wo sie ihn schon einmal gesehen hat. Sie weiß, dass Julie Tennis spielt, aber ihr Verein heißt „TSC Am grünen Ufer" oder so ähnlich. und das ist ein Speckbrettpokal.

Sie setzt sich an ihren Schreibtisch und überarbeitet ihre Mitschriften von heute morgen. Als nächstes sind die Skripte für „Dreh und Schnitt im Fernsehjournalismus" an der Reihe. In der nächsten Woche schreibt sie über diese Medien eine Klausur. Sie ist Tag und Nacht beschäftigt. Studium und der Fall Fridolin von Hauenstein fordern sie total. Irgendwann schläft sie vor Erschöpfung ein. Als sie erwacht, ist es weit nach Mitternacht.

„Genug für heute. Ich muss dringend ins Bett," denkt sie.
So müde wie sie ist, dauert es nicht lange bis sie im Bett liegt und einschläft. Sie träumt sehr unruhig.

Der gestrige Tag und die unruhige Nacht haben sie sehr gefordert. Sie hofft, dass ihre morgendliche Joggingrunde sie wieder zu der Tinasoa macht, die sie sonst ist. Nicht einmal die Dusche danach lässt sie zur Ruhe kommen. Außer dem Körnercroissant hat sie bei Julie eine Zeitung gekauft. Auf der Titelseite ist ein großer Bericht zu von Hauensteins Tod. Im Lokalteil hat ein Reporter ein Mitglied der Speckbrettfreunde Werseglück zum Tod vom Professor befragt.
„Professor von Hauenstein ist, Entschuldigung, war ein langjähriges Mitglied unseres Vereins. Letztes Jahr hat er unser Speckbrettturnier gewonnen …"
„Der Pokal stammt aus dem Zimmer von Prof. von Hauenstein. Mein Gott, Julie hat den Professor getötet. Warum nur, warum? Ich wusste gar nicht, dass sie ihn überhaupt kannte. Ich muss dringend Jo anrufen," schießt es Tinasoa durch den Kopf.
Tinasoa ruft Jo an. Nur die Mailbox.
„Jo, ich muss dich dringend sprechen. Ruf mich bitte zurück."
Sie ist verwirrt, hatte sie ihn vor lauter Aufregung geduzt? Sie verlässt unbemerkt das Haus. Julie ist in der Bäckerei und Aurora schläft noch. Unbewusst hat sie den Zeitungsartikel eingesteckt.

An der frischen Luft geht es ihr besser. Ihre Freundin Julie, eine Mörderin? Sie kann es immer noch nicht glauben. Wenn doch nur Jo zu erreichen wäre. Es ist 7:30 Uhr. Sie radelt zum Kommissariat. Jos Assistent ist da.

„Kann ich Kommissar Wolkenstein sprechen."

„Wolkenstein kommt heute später. Er hat noch einen Termin."

„Kann man ihn erreichen? Es ist dringend."

„Kann ich Ihnen helfen?"

„Ich glaube nicht."

„Haben Sie es übers Handy versucht?"

„Da ist nur die Mailbox dran."

„So leid es mir tut, dann müssen Sie warten."

„Richten Sie ihm bitte aus, dass er mich dringend anrufen soll."

Weg ist sie. Sie fährt in die Uni und besucht ihre Vorlesungen. Sie kann sich nicht konzentrieren.

„Warum ruft Jo nicht zurück?"

Es ist Mittag. Sie überlegt, ob sie mit KommilitonienInnen in die Mensa gehen soll. Ihr Handy klingelt.

„Tinasoa, was ist so dringend?"

„Ich kann nicht am Telefon darüber reden. Können wir uns treffen?"

„Peter und ich wollen Mittag machen. Anschließend geht es."

„Gut. Ich komme ins Kommissariat."

Als Tinasoa im Kommissariat ankommt, sitzen die beiden Ermittler an ihren Schreibtischen, essen ihre Stullen und trinken Kaffee.

„Darf ich mich Ihnen anschließen?"

„Natürlich. Ich hole ihnen einen Kaffee. Mit Milch und Zucker?"

„Schwarz bitte, so wie Ihrer."

„Woher wissen Sie, wie ich meinen Kaffee trinke?"

„Aus der Pizzeria."

„Was ist denn so dringend?"

„Ich habe den fehlenden Gegenstand aus Professor von Hauensteins Zimmer gefunden."

„Was ist es?"

„Es ist der Pokal, den der Professor letztes Jahr in seinem Speckbrettverein gewonnen hat. Wir haben ein Foto in seinem Arbeitszimmer zu Hause gesehen. Da ist mir nicht eingefallen, dass er in der Praxis stand."

„Woher wissen Sie das?"

„In der Zeitung steht ein Artikel darüber. Hier sehen Sie. Was noch viel schlimmer ist, ich habe ihn gestern Abend im Zimmer meiner Mitbewohnerin Julie gesehen. Die Erinnerung kam erst wieder, als ich den Zeitungsartikel gelesen habe."

„Haben Sie Julie schon darauf angesprochen?"

„Nein, ich habe mich nicht getraut."

„Peter, suche bitte den Bericht von Eisenhuth. Wir müssen das Beweismittel sicherstellen und Julie verhaften."

Tinasoa wird leichenblass.

„Ist Ihnen nicht gut?"

„Ich kann nicht glauben, dass sie es getan haben soll."

„Leider ist das oft bei Mördern so. Ich besorge den Durchsuchungs- und Haftbefehl. Peter fordere die Spurensicherung an."

„Tinasoa, das dauert einen Moment. Kommen Sie mit oder wollen Sie hier warten?"

„Selbstverständlich komme ich mit. Es ist mein zu Hause."

Als sie in der WG ankommen, sind Julie und Aurora nicht da. Die Beamten stellen den Pokal sicher und durchsuchen Julies Zimmer. Sie finden eine leere Packung Hexothal. Ist das die Verbindung zu Professor von Hauenstein?

„Wo kann sich ihre Mitbewohnerin aufhalten?"

„Um diese Zeit ist sie meistens in der Uni."

„Wann kommt sie gewöhnlich nach Hause?"

„Wir können in der Küche nachschauen, dort hängt ihr Uniplan."

„Heute hat sie um 17 Uhr Schluss. Wenn sie nichts anderes vorhat, ist sie um 17:30 Uhr hier."

„Tinasoa, wo kann ich warten? Die Spusi ist fast fertig. Ich schicke alle weg. Ich möchte alleine mit ihr reden."

„Sie können in meinem Zimmer warten. Sehen Sie das Schild mit meinem Namen? Ich gehe schon mal vor. Kaffee oder Tee?"

„Kaffee. Ich schicke alle weg und komme gleich."

Tinasoa kocht Kaffee. Wolkenstein braucht zehn Minuten, dann sind alle Beamten verschwunden. Eine wohltuende Ruhe erfüllt die WG. Er betritt Tinasoas Zimmer, bleibt stehen und begutachtet den kompletten Raum.

„Genügt mein Zimmer Ihren Ansprüchen?"

„Entschuldigung, ich wollte nicht so neugierig sein. Man erfährt viel über Menschen, wenn man sieht wie sie wohnen."

„Habe ich bestanden?"

„Ihr Zimmer ist liebevoll eingerichtet. Sie mögen Ordnung, arbeiten viel, dann darf der Schreibtisch auch mal überlaufen. Sie haben eine Wohlfühlecke zum Relaxen. Der Raum scheint warmherzig zu sein. Man fühlt sich eingeladen, wenn man ihn betritt."

„Wow, das alles erkennen Sie mit einem Blick. Geben Sie zu, Sie wollen sich bei mir einschmeicheln."

„Machen Sie sich nur lustig über mich, dabei habe ich alles ernst gemeint, was ich gesagt habe."

„Okay, wenn das ein Kompliment war, ganz großes Dankeschön. Nehmen Sie Platz, die Auswahl an Sitzplätzen ist bescheiden."

„Was passiert mit Julie?"

„Ich muss sie befragen. Kann sein, dass sie in Haft kommt."

Die Haustür wird aufgeschlossen. Julie kommt nach Hause.

Kommissar Wolkenstein nimmt Julie in Empfang. Zeigt ihr den Haftbefehl und nimmt sie zur Befragung mit ins Kommissariat.

Tinasoa folgt den beiden mit ihrem Fahrrad.

Sie darf an der Befragung nicht teilnehmen. Wolkenstein erlaubt ihr, die Befragung hinter getarnter Glasscheibe im Nebenraum zu verfolgen.

Verhöre Julie und Aurora

Verhör Julie

Wolkenstein schaltet das Aufnahmegerät ein.
„Verhör, Dienstag, 29. Mai, 18 Uhr – zugegen Julie Merlot und Kommissar Johannes Wolkenstein."
„Kommissar Wolkenstein, warum bin ich hier?"
„Julie, ich darf Sie doch so nennen?"
Sie nickt.
„Julie, Sie sind verdächtig Professor von Hauenstein erschlagen zu haben."
„Ich nicht kennen Professor von Hauenstein. Wer ist es?"
„Er war der Chef von Tinasoa, ein Neurologe und Psychiater."
„Ach der. Ich kenne aus Erzählungen von Tinasoa. Wieso ich getötet?"
„Wir haben die Mordwaffe und ein Päckchen Hexothal in Ihrem Zimmer gefunden."
„Was für Mordwaffe?"
„Der Speckbrettpokal. Er stand auf Ihrer Fensterbank. Die Spurensicherung hat eindeutig festgestellt, dass es die Mordwaffe ist. Wir haben Blut und DNA des Professors gefunden. Die Struktur des Pokals passt eindeutig zur Kopfwunde."
„Es nicht mein Pokal."
„Wie sind Sie in seinen Besitz gekommen, wenn Sie ihn nicht

aus der Praxis haben?"

Sie überlegt lange, ob sie die Wahrheit sagen soll. Sie muss es sagen, denn sonst kommt sie ins Gefängnis.

„Aurora ihn mir am Sonntag gezeigt. Wir sprachen über Speckbrett. Sie hat den Pokal nicht wieder mitgenommen."

„Wer ist Aurora?"

„Wir in Wohnung zu dritt. Tinasoa, Aurora, ich."

„Gut. Zunächst benötigen wir Ihre Fingerabdrücke."

„Ich nicht angefasst Pokal."

„Wir werden das prüfen. Solange müssen Sie leider in unsere Zelle."

„Oh mein Gott!"

„Das Verhör ist beendet."

Kommissar Wolkenstein schaltet das Aufnahmegerät ab, holt eine Polizistin und lässt Julie abführen.

„Tinasoa, erzählen Sie mir etwas über Aurora."

„Aurora ist unsere Mitbewohnerin. Sie ist Italienerin, studiert Medizin, eine liebe Freundin. Sie hat am Wochenende einen Nebenjob in der Pizzeria Luigi. Sie kennen die Pizzeria. Wir haben dort Spagetti gegessen."

„Okay. Wo finde ich Aurora?"

„Sie verbringt meistens den ganzen Tag an der Universität. Es ist 19:30 Uhr. Sie muss zu Hause sein."

Ein Anrufer teilt Wolkenstein mit, dass Julies Fingerabdrücke nicht auf dem Pokal sind. Die Spusi hat unbekannte Fin-

gerabdrücke gefunden. Auroras?
Mit Durchsuchungs- und Haftbefehl ausgestattet begeben sich Spurensicherung, Kommissar Wolkenstein und Tinasoa in die Wohnung der WG.

Aurora ist zu Hause. Sie bricht in Tränen aus, als sie erfährt, dass sie verhaftet wird. Sie gesteht sofort.
Die Spusi findet zwei Schachteln Hexothal Tabletten und eine Flasche Barolo mit den Fingerabdrücken vom toten Professor in Auroras Zimmer. Noch in der WG nimmt sie Aurora Fingerabdrücke. Alles Weitere wird sie im Kommissariat erledigen. Ihr Einsatz vor Ort ist beendet.
Aurora wird von zwei weiblichen Beamtinnen abgeführt. Wolkenstein hält es nicht für nötig ihr Handschellen anzulegen Tinasoa fährt mit Jo zusammen zurück ins Kommissariat.

Verhör Aurora

Wie bei Julie darf Tinasoa im Nachbarraum das Verhör von Aurora verfolgen.

Wolkenstein schaltet das Aufnahmegerät ein.

„Verhör, Dienstag, 29. Mai, 21 Uhr – zugegen Aurora Rossi und Kommissar Johannes Wolkenstein."

„Warum haben Sie Professor von Hauenstein ermordet?"

„Ich kenne den Professor nicht. Meine Freundin Freja, von ihm behandelt, liebte ihn, wie ein Gott. Freja krank, hörte Stimmen, wurde verfolgt. Professor ihr geben Hexothal. Er sie gerettet. Nicht lange. Sie wieder depressiv, Wahnvorstellungen. Sie machte Selbstmord."

„Wie haben Sie den Professor kennengelernt?"

„Es gab Zufall – Pizzeria Luigi. Normal ich arbeite Samstag. Kollegin krank. Ich sie vertreten Donnerstag. Der Professor essen bei Luigi. Ich ihn bedienen. Wir trinken Glas Wein. Er netter Mann."

Kommissar Wolkenstein schaltet das Aufnahmegerät aus.

„Machen wir eine kurze Pause. Ich hole uns was zu trinken."

Jo kommt mit zwei Gläsern und einer Flasche Wasser wieder.

Tinasoa ist geschockt. Sie kann es immer noch nicht glauben. Aurora hat gestanden. Die Beweise untermauern ihr Geständnis. Ihre Fingerabdrücke und die vom Professor befinden sich auf dem Speckbrettpokal und der Flasche Barolo.

Hexothal Tabletten sind die gleichen wie die in der Praxis. Jetzt hat Tinasoa verstanden was Jo mit Glück und Zufall beim Recherchieren meinte. Ein ganz wichtiges Element welches nicht unterschätzt werden darf – der Pokal und der Zeitungsartikel. Wie gut, dass Jo sie an den Ermittlungen teilnehmen ließ. Sie wird sich bei ihm mit einem Essen bedanken. Vielleicht kocht sie Spagetti Napoli für ihn. Die Pizzeria Luigi wird sie vorerst meiden.

Rückblende: Aurora in der Pizzeria Luigi

Der Professor kommt langsam zu sich. Er fasst sich an den Hinterkopf, ertastet Blut. Er ruft seine Frau an. Da sie nicht ans Telefon geht, hinterlässt er ihr eine Nachricht auf dem Anrufbeantworter. Er geht ins WC, reinigt seine Kopfwunde und schluckt zwei Kopfschmerztabletten. Nach einer halben Stunde fühlt er sich besser.

Heute ist, wie jeden Donnerstag, Luigi Tag. Nichts wie hin. Die Pizzeria ist fünf Minuten von der Praxis entfernt.

„Buonasera signore von Hauenstein. Sie kommen heute spät. Der übliche Tisch?"

„Wie immer, Luigi."

„Eine Flasche Barolo?"

„Gern."

„Es bedienen Sie heute Aurora."

„Was ist mit Linda?"

„Leider krank. Aurora beliebt. Sie werden sein zufrieden. Zu Essen Spaghetti Napoli?"

„Alles wie immer."

„Die Küche ist zu. Aber ich machen selbst Essen für Sie."

Aurora bringt ihm eine Flasche Rotwein. Er probiert einen kleinen Schluck.

„Der Wein ist in Ordnung. Sie können nachschenken. Wieso habe ich Sie noch nie gesehen?"

„Ich arbeite Samstag. Heute hier, weil Kollegin krank."

Der Professor genießt die vom Chef gemachten Spaghetti.

„Luigi, Sie haben sich selbst übertroffen. Kommen Sie, trinken Sie ein Glas Wein mit mir."

„Scusi signore. Ich müssen schnell nach Hause. Fragen Aurora. Sie bleiben bis zum Schluss."

Das Lokal ist fast leer. Aurora kassiert alle restlichen Besucher ab, setzt sich zu einem Glas Wein zum Professor.

„Sie seien letzter Gast. Ich schließen Tür."

Die Flasche ist schnell ausgetrunken.

„Ich nehme eine Flasche mit in meine Praxis. Sie ist fünf Minuten von hier entfernt. Haben Sie Lust auf ein weiteres Glas Barolo?"

Da Auroras Vorlesungen morgen früh ausfallen, sagt sie zu.

„Wie ich Sie ansprechen?"

„Nennen Sie mich beim Vornamen – Fridolin".

„Fridol?"

„Fri-do-lin".

„Fri-doo-liin?"

„Wir üben in der Praxis weiter."

Aurora kassiert Speisen und Getränke vom Professor, rechnet die Kasse ab, reinigt die Theke, löscht das Licht, verlässt mit dem Professor die Pizzeria und schließt ab. Zusammen mit einer Flasche Barolo betreten sie die Praxis. Sie machen es sich in der Sitzecke von Fridolins Praxiszimmer gemütlich. Fridolin besorgt einen Flaschenöffner und Gläser aus der Küche.

Aurora entdeckt das Sideboard mit den Hexothal Tabletten.
„Das seien Frejas Tabletten," denkt sie.
Das Bild der toten Freja kommt über sie. Ihr wird schwarz vor den Augen. Ist Fridolin der Professor, der Freja in den Tod getrieben hat? Er scheint so nett. Kann das sein?
„Kennst Du Freja Nilson?"
Fridolin muss überlegen.
„Wer soll das sein?"
„Du kennst nicht ihren Namen? Du hast sie mit Hexothal behandelt und in den Tod geschickt? Ich habe sie sehr geliebt."
Fridolin von Hauenstein stellt die Flasche Rotwein ab und kommt in ihre Nähe.
„Jetzt erinnere ich mich. Die junge Frau, die sich das Leben nahm. Obwohl Hexothal so gut bei ihr angeschlagen hatte. Es hat mich total überrascht."
Aurora sieht wieder die tote Freja vor sich. Plötzlich ergreift sie den großen Pokal vom Sideboard und haut mit aller Wucht auf den Kopf des Professors. Dieser fällt sofort um.
„Was habe ich getan?"
Sie kann es nicht begreifen, steht einen Moment wie angewurzelt da. Mit dem Pokal in der einen Hand und der Flasche Barolo in der anderen verlässt sie fluchtartig die Praxis. Schließt nicht einmal die Tür.
Zu Hause ist alles ruhig. Ihre Mitbewohnerinnen schlafen zum Glück. Sie schließt ihr Zimmer ab und versteckt sich unter ihrer Decke.

Autor und Autorinnen

Christa Borowski-Schmitt
Dipl. Oecotrophologin,
geb. 1957 in Hagen,
verheiratet, zwei erwachsene Kinder,
MS seit 2013

Maria Eifrig
Programmiererin,
geb. 1956 in Wittlich,
verheiratet, ehrenamtlich tätig bei der DMSG Münster,
MS seit 1999

Thomas Gesenhues
Dipl.-Sozialpädagoge,
geb. 1964 in Münster,
verheiratet, drei erwachsene Kinder, ehrenamtlich tätig bei der DMSG Münster
MS seit 2001